U0073730
金色愛情的背叛
Novel 帝柳 Illust GUNNI
勾魂筆記本
If you choose to forget it,
you would remember it someday.
Listen! It's the stroke of 03:00.

✎柳阿一

驚悚小説作者，卻是個拖稿大王。對外是風流成性，舉手投足都是自我感覺良好的明星架式，可一旦對上兩位編輯，就變成像小鹿斑比的小媳婦樣，不時被虐的可憐蟲。不知為何失蹤一年，歸來後卻喪失這段時間的所有記憶，身邊還帶著一本名為「勾魂冊」的冊子。

✎趙煌

方世傑的大學學長。在人生最落魄低潮時遇上紀梓晴，展開一段恍如偶像劇般的邂逅與交往，之後逐漸成為國內知名的鋼琴演奏家。

✎殷宇

蚩壬出版社的新進員工，方世傑的助理；在這之前，他曾是刑警中的科學鑑識組一員。

他行事低調，講求效率，是平緩柳阿一和方世傑之間衝突的和事佬，但一開口就是一針見血的超強殺傷力。他對於「好兄弟」相關的事情極度有興趣。

方世傑
柳阿一的責任編輯，蚩壬出版社眾鬼使神差之一。
被柳阿一稱作「阿大」。
是個完美主義者、工作狂，對柳阿一相當嚴厲。他是無鬼神論者，卻有嚴重的靈異體質。
紀梓晴
二十六歲的錸思集團千金，個性善良且容易被感動，經常到附近的育幼院做義工，為人相當低調。近來將與知名鋼琴演奏家趙煌結婚，為此籌備當中。
神父
巴特菲萊教堂的神父，西方人士。外貌俊美，帶著陰鬱氣質，不論男女都會為之心動。興趣是看蝴蝶蝶翼分離。與修女卑以亞一起，似乎在收集著什麼……

INDEX

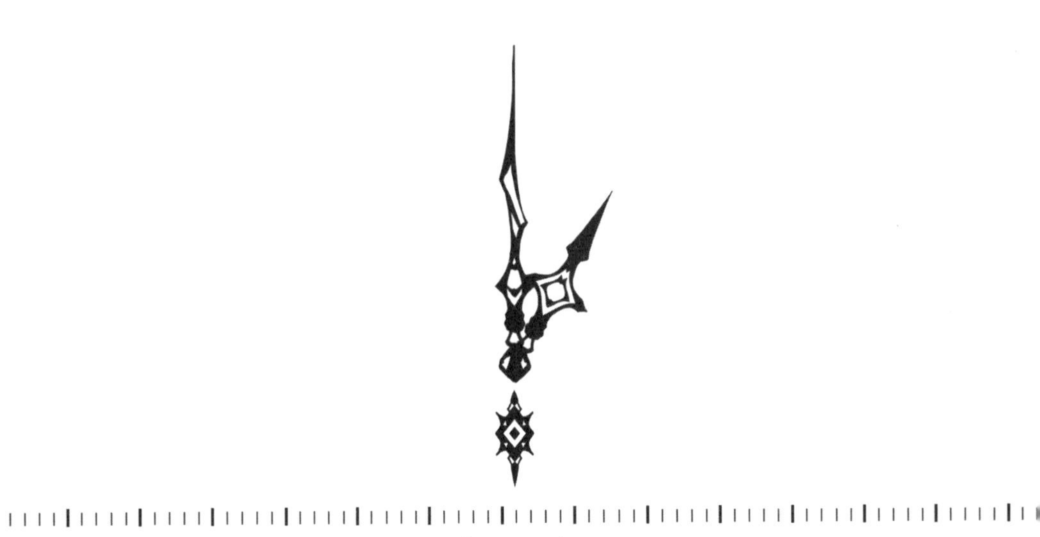

楔子

晴空萬里，湛藍天幕上的雲狗慵懶的緩緩爬行，濕熱的天氣下有蟬兒興致勃勃的歌唱，走在街上的路人們被烈陽曝曬著，每個人的衣襟都伏貼在黏滑的肌膚上，發出陣陣的腥臊……

仲夏，就是如此燠熱、叫人直沁汗水的季節。

這讓人不適的天氣，卻改變不了紀梓晴今日排定的行程。即使與街上行人一樣汗濕了衣裝，她還是滿懷著期待的心，進到一間專門收留孤兒的社福機構，履行她每個禮拜都會做的一件事。

「不好意思，大姐姐今天來晚了點，大家現在都乖乖坐在位置上等我了吧？」

紀梓晴匆匆忙忙推門而入，面帶苦笑的向等待她的聽眾們賠罪，坐在巧拚地墊上的孩子們一見著她，眼睛都立刻亮了起來，一點也不在意他們今日說書人的遲到。

紀梓晴很快就找到她的座位，拉開木椅坐上，從背包裡拿出一本厚重、封面鮮麗的故事集。

一雙雙閃爍光采的明眸凝視著她，眼神中帶著濃烈的渴望，一群緊鄰她身旁的孩童，莫不傾神注視著她，目光一刻也不離。

她並非是身材姣好、面貌出眾的美麗女子，但她典雅的氣質、溫柔的談吐和動聽嗓音，總是能夠攫住四周人的目光。

紀梓晴來孤兒院當義工有好一陣子了，每星期的工作就是唸故事給孩子聽，當她見著他們一臉沉醉、暢遊在童話世界中的表情時，她心中的喜悅也會隨之升起。

此時她正翻閱著手中的書，找尋她今日要說的故事，一名年約六、七歲的小女孩突然舉起手來，直嚷著要聽「金羊毛和米蒂亞」的神話。

紀梓晴躊躇了一會，因為在她的印象中，這篇故事對六、七歲的孩子來說實在不太適合，可是在對方不斷的要求下，她只好先講述故事給他們聽，等到時候再臨機應變修改故事內容。

「從前從前，曾經有個先知告訴希臘國王里亞斯，他將死於穿一隻皮草鞋的人之手，這個時候有名叫傑遜的男人，只穿了一隻草鞋來到城中。里亞斯害怕極了，於是他想出個計謀要害傑遜。」

紀梓晴開始述說起了故事，坐在她面前的孩子們投入的聆聽。

「里亞斯命令傑遜完成一個任務，就是要傑遜帶回一種神奇的金羊毛，傑遜答應了。

很幸運的，傑遜得到精通法術的女子——米蒂亞公主的幫助，因此順利的取得了金羊毛，兩人更陷入了愛河，傑遜甚至給了她永遠廝守在一起的承諾……」

說到一半，紀梓晴突然止住了口、若有所思的看著書。

圍坐在一旁的孩子們之中，某個小女孩納悶的問道：「那他們之後一定是過著幸福快樂的生活囉？」

「呃、嗯……是呀！他們從此過著很幸福的日子，就跟每個王子與公主的結局一樣。」

紀梓晴回答的很含糊，一對烏黑的瞳孔不安的左右游移，閃避對方直視自己的天真目光。

「哇，真是個幸福美滿的故事！」

孩子們發出讚嘆，為這神話獻上欣羨的掌聲。

一旁的紀梓晴卻流露出困惑的神情，因為她不知自己該不該戳破善意的謊言，告訴他們這其實是個……悲哀又殘酷的故事呢？

I

鬼差阿大的弱點？

很久很久以前……其實也沒有多久以前，就這十年來的出版界中，有一則轟動武林、驚動萬教的業界傳奇，來自一間名叫「蚩壬」的出版社——如同它驚人的諧音，一般大眾解讀為「吃人出版社」，傳說中進得去、出不來的可怕出版社。

據說那裡頭有比閻王還可怕的老闆，編輯各個是鬼使神差，旗下的作者統統都是枉死城的居民，日日夜夜在死線前奮戰、哀號，因此創社十年來從未有任何一位作者拖稿的紀錄……

其中最厲害的狠角色，就是一位被編輯部同仁稱為「阿大」的男人——方世傑。他不僅僅是這間出版社的開山始祖之一，身分地位與老闆幾乎平起平坐，更驚人之處是他的經歷。

方世傑入行十年，前九年的期間，在他魔掌之下……更正，在他掌控之下的所有作者都未有一次拖稿紀錄，這簡直比他們出版的驚悚小說還要嚇人。

是他運氣好嗎？

他負責的作者們，都是溫和的小白兔且各個認真向上天天趕稿、靈感大神從不跑去度假的嗎？

不。

就內部知情者指出，方世傑手中的作者是龍蛇雜處，什麼人都有、什麼都不奇怪，比如從監獄島上放出來的黑幫老大也曾是他的作者之一。

連號稱我左青龍右白虎、渾身都是刺青的老大也能在他的管教下，準時交出他的黑道生涯血淋淋自傳，方世傑究竟是如何辦到的？

這不僅在蚩壬出版社中是個謎，方世傑本身在整個出版業界中更是個讓人敬仰緬懷的存在……

等等！方世傑還沒死，不能這樣說他，換個說法好了……

阿大根本是眾人眼中的神！

直到一個叫「柳阿一」的男人出現後，這個完美又神秘的輝煌紀錄……就此被遺憾的終結了。

你問柳阿一是何許人也？

不說你不知道，柳阿一可是（以下統統自稱）蚩壬出版社的第一萬人迷，有成宮寬貴的臉蛋、李秉憲的身材，上至掃廁所的阿桑、下至同事的一歲半女兒都對他有企圖之女性終結者！

不過，這又和他終結了阿大的輝煌紀錄有什麼關係？

當然有關係！

柳阿一常言——

「因為這張罪惡的美貌，讓太多女性為我傾倒，我必須用盡每一天的時間去撫慰為情所傷的女人心靈。」

順理成章的，柳阿一即使手上明明有一大疊的稿子要交，他還是為了愛與和平而拖稿不寫，並且極盡所能、偷拐搶騙（？）就是要閃躲方世傑各種的催稿手段。

當然，咱們阿大也不是省油的燈，他一次又一次在柳阿一死線前夕，不知用了什麼方法讓柳阿一能夠放下屠刀、立地成佛，乖乖的寫出了差點要開天窗的稿子，著實讓小生佩服佩服。

然而，命運的變化總是讓人措手不及。

有一天，柳阿一失蹤了。

這個猶如世界末日的消息傳到方世傑耳中後，不用說他立即展開比警方更有力的搜查

行動，可詭譎的是，無論方世傑如何尋找，這位柳阿一竟然徹徹底底的人間蒸發，好像神隱少女一樣。

我們的方世傑編輯不死心，認為就算是死了也要見著對方的骨，他甚至連半夜去偷挖可疑的墳墓、看看柳阿一有沒有躺在裡面的行為都做了，為此差點鬧上法庭的他……還是沒有找著柳阿一。

蒼天不仁啊！

柳阿一怎能就此消失！

不只他的爸爸、媽媽、爺爺和奶奶都會難過擔心，印刷廠、出版社和等著小說上架的讀者又該怎麼辦！

這不僅是打破了方世傑多年未被拖稿的紀錄，更是一起多麼離奇的案件，還差點就要成了業內另一位作家的題材！

柳阿一事件就這麼轟動武林、驚動萬教的過了一年。

直到有一天，月黑風高、陰風颯颯，樹梢的鳥兒和蝙蝠都躲了起來，原本被所有人認為已經不在人世的「那個男人」……回、來、了。

△▽　△▽　△▽　△▽　△▽

「嗚哇！好、好可怕！」

蚩壬出版社內傳來這麼一聲驚恐的尖叫。

發出驚叫的女人緊挨著身旁的女性同事，膽怯的看向前頭對著她們說故事的男人，也就是號稱蚩壬出版社內的資深編輯——阿祥。

阿祥不免得意的揚著笑，若是他嘴上長個八字鬍，大概就會忍不住的捻一捻。他剛剛所講的故事，正是取材自蚩壬出版社內無人不知、無人不曉的傳說，共分上下兩回的「鬼差編輯大戰拖稿鬼」。

「吶、吶！『那個男人』怎、怎會回來？他、他不是死了嗎！」

另一名女性同事急著想知道答案，水汪汪的大眼搭配揪緊緊的眉頭，巴望著坐在面前的說書人阿祥。

「啊，『那個男人』說不定起死回生……痛！」

話才說到一半，一記鐵拳就狠狠的砸在他本來頭髮就不多的頭頂上。

「起死回生你個頭，哥我還活得好好的！」

「柳、柳柳柳……柳阿一！」

阿祥嚇個半死，身體猛然往後一退，他的聽眾也有著雷同反應，兩名女性職員驚呼一聲、身體兩兩相依，臉色頓時刷白看著赫然出現的柳阿一。

「幹嘛一副看到鬼的表情啊？」

柳阿一咋舌，對著有一張俊美臉蛋和完美身材的他做出見鬼反應，真是太失禮了。

「你、你不是死了嗎！天啊我現在看到的你是人還是鬼？是、是來報復我以前曾代替阿大催你稿的舊帳嗎！」

「你在胡說些什麼？你才死了咧！很抱歉我還活得好好的！我不過是搞失蹤而已，別隨隨便便給人妄下結論！」

柳阿一覺得頭真痛，他就知道自己失蹤回來的事情，出版社內大部分的職員還不曉得，今天特來現身一下真是對了，他再不親自闢謠，真不知以後會傳成什麼模樣，搞不好連以他為題材的驚悚小說都要問世了。

「啊，這兩位是新來的編輯吧？兩位小姐不用怕哦，我不是鬼，是活生生的人，別再聽禿頭祥胡說八道了哦。」

柳阿一注意到對面兩名女職員害怕的目光，便回過頭去對她們倆微微一個點頭，綻放他最引以為豪、殺傷力破百，好比牙膏廣告的男明星一樣的露齒笑容。絕招一出誰與爭鋒，三十秒前還怕得要命的兩名女職員，立刻敗陣軟化在柳阿一閃死人的笑顏下，表情瞬間軟化且傾倒。

女性方面處理完畢，柳阿一立刻將矛頭轉回雄性生物這邊，眼神尖銳的瞪著阿祥追問：「倒是你，禿頭祥，沒事講這種亂七八糟的故事給新來員工聽幹嘛？是不是所有作者統統拖稿去了你沒稿可校正啊？」

「呸呸呸，你別亂詛咒我的工作！我家的作者沒有人像你一樣這麼會拖啦！我不過是對這兩位新進員工來點震撼教育嘛，讓她們知道咱們編輯部最厲害的狠角色是誰罷了。」

「哦，我明白了。」

柳阿一先是回應對方，接著轉過頭去對著辦公室另一端大喊：「喂，阿大！禿頭祥在講你的壞話哦！」

「臭柳阿一你……！」

阿祥想阻攔柳阿一卻已經完全來不及了，這個時候，只見不遠處的一個身影緩緩轉過身來……

「是誰……敢說我的壞話？」

沒有錯，此時回過頭來面向柳阿一等人的，正是枉死城中最可怕、最凶殘、渾身上下都散發至陰至寒惡煞之氣的鬼差——方世傑。他「啪嘰」一下，應聲折斷了手中的藍色原子筆。

無庸置疑，方世傑為新進員工做了最好的震撼教育示範。

「好、好驚人的戰鬥力啊……今天的阿大恐怖程度比平常還要高呢。」

就算是面對方世傑已身經百戰的柳阿一，也怯怯的嚥下一口水，總覺得今日的方世傑好像哪裡不對勁。

「還不是你害的！你這阿大的頭號宿敵出現在他面前！啊啊要死了啦要死了，我一定會被阿大拖去枉死城的小黑屋啦……」阿祥臉色慘白，兩手不停搓著自己已經夠光亮的頭頂，牙關顫顫的喃喃自語。

更別提本來坐在他附近的兩位新進職員，她們被方世傑這麼一嚇，不只人立刻逃竄不見，下班後的第一件事大概要先去收驚了。

「我的出現還沒讓他戰鬥力爆發到這種程度吧……肯定有別的事。」

柳阿一摸摸自己的下巴，眼神認真的看著方世傑辦公桌的方向，好好的思索一番，他不認為事情會像阿祥所說那麼單純，何況編輯部最近也剛從修羅期脫出，照理來說不會如此輕而易舉看到方世傑的鬼差模式。

所以柳阿一越想越覺得事有蹊蹺。

「倒是你！說過編輯都是天敵，編輯部就是天敵巢穴的你，突然跑來是要幹什麼啊？」阿祥問著旁邊深思中的柳阿一。

「交稿。」

「騙誰啊！」阿祥一秒內吐槽。

「啊啊……我不跟你耗下去了，不然別人會以為我什麼時候轉性喜歡男人，而且還是個禿頭。」

柳阿一用手指塞住耳朵當作什麼也沒聽見，不管阿祥再怎麼激動的喊話，柳阿一全都

不當回事的走向方世傑所在。

「呦，阿大，今天的你怎麼殺氣更上一層樓啦？」

柳阿一來到方世傑的辦公桌旁，笑笑的拍了拍坐在旋轉椅上的責任編輯，也就是一分鐘前給足新進員工震撼教育、人稱蚩壬出版社最強編輯的男人。

「吵死了……誰准你來這裡煩我？還不快點給我滾回去寫稿！」

方世傑根本不抬頭看對方一眼，埋頭在他的電腦螢幕前、盯著今天準備校稿完成即將送印的稿子，語氣一如既往的不客氣。

「奇怪了，真是奇怪啊，向來對我的行程瞭若指掌的阿大，今兒個居然忘了我的事？我說阿大，在你的愛徒殷宇全天候盯人戰術下，我這個月的稿子可是早就準時交了哦，殷宇那個撲克臉也因此排假出國去……阿大，你真怪怪的耶。」

柳阿一蹙起眉頭，望著方世傑側面，一臉寫著「有問題」的表情，平常精明幹練的人竟會忘了他已交稿，看來整起事件並不單純、絕對另有隱情！

再從方世傑不回答問題的疑點來看，柳阿一決定要自己找出答案，他就不相信他雪亮的眼睛會看不出真相，目光掃了一下方世傑的辦公桌面後，其中有張紅色的賀卡擺在顯眼之處，柳阿一定睛一看，唉呦，這可不是普通的賀卡，而是張喜帖呢！

「不會吧！我們萬年冰山男終於要結婚了？」

柳阿一驚呼出聲，這一叫立刻引來周圍其他同事的注目，這下子方世傑也非得打破沉默、忍無可忍的回道：「柳阿一你給我閉嘴！」

「嘿嘿，別害羞嘛阿大，你也快三十歲了，是該娶個妻子回家孝敬父母了，不然你爸你媽都要懷疑自己的兒子是不是個GAY。喂喂，對方是什麼樣的女人啊？說來聽聽嘛。」

柳阿一賊賊的笑著，他就是喜歡看平常威武凶狠的方世傑一臉氣急敗壞！噢，現在看來似乎還有點小小害羞呢，真想拿出手機拍下這一幕，以後才有機會拿來揶揄阿大啊～

「什麼女人，才沒這回事！」

「欸？難、難道說真是個男人……？」

「也不是什麼男人！」

「嗚哇，原來是個人妖嗎……我都不知道阿大你的口味這麼重……痛！」

柳阿一話未說完，頭頂就先吃了一頓來自方世傑的鐵拳制裁，痛得他瞇起雙眼來。

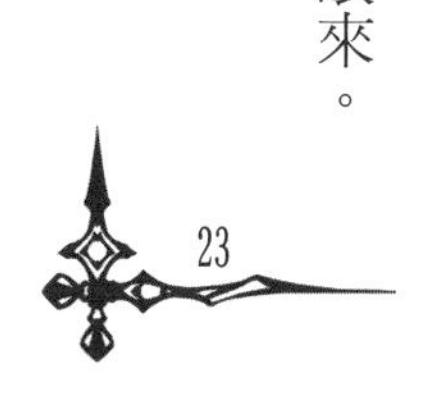

「什麼都不是！這才不是我的喜帖！拜託你看也要看個清楚好嗎？上頭寫的新郎名字根本就不是我！」

方世傑乾脆將喜帖貼到柳阿一的臉上。

柳阿一這才知道自己說錯了話，將喜帖從自己臉上拿下來，愣愣的看著。

「趙煌……哦，這真不是你的名字耶阿大……痛！為什麼又揍我啊阿大！」

「揍你是因為你笨，你說的不是廢話嗎？我當然不叫趙煌啊！」

方世傑憤怒又無奈的用力嘆氣，真不知眼前這傢伙的智商是如何讓他活到現在。

「什麼嘛，既然不是你結婚，幹嘛今天一整個殺氣騰騰像炸毛的貓一樣呀？還、還是說……因為新郎不是你……嗚哦！」

「柳阿一，你想直接橫死在編輯部就直說，我會手下絕不留情的成全你。」

方世傑再次收回他出過招的鐵拳，冷冷的睨著低下頭來的柳阿一，眼神裡充滿了沒在開玩笑的濃濃殺意。

「那不然是怎麼一回事嘛！」

全世界能在短時間內吃下方世傑鐵拳三連發的男人，也只有現在還一臉不甘願、想要知道答案的柳阿一了。

方世傑又嘆口氣，他了解只要被柳阿一盯上的東西，這傢伙肯定會打破砂鍋問到底，不給他答案就不會死心，為了早點讓自己耳根子清靜點，還是快快把話說清楚。

「這張喜帖，如你所見是一個叫趙煌的準新郎給我的，那傢伙是我大學時期的學長，希望我能幫他一起籌辦婚禮。因為他在大學時很照顧我，我也不好意思拒絕他。」

「喔，籌辦婚禮是嗎？這聽起來不是什麼很困擾的事啊……」柳阿一歪著頭，不解的問道。

「……不，對我來說，這就是最困擾的事。」方世傑的臉色明顯沉了下來，就連嗓音也是。

「哈啊？最困擾的事？」柳阿一不敢置信的睜大眼看著面前臉色難看的責任編輯。

「……你不知道，我第一次參加別人的婚禮時，我這張臉把花童們都嚇哭了。」

「呃，不，我總覺得我很認同也很同情那些花童……」柳阿一深覺心有戚戚焉，哪個小孩子看到枉死城來的鬼差不會哭啊？

「生平第二次，也是目前為止最後一次參加別人婚禮時……有了前車之鑑的我打算要

笑臉參加，結果在場的賓客卻以為我吃壞肚子，食物中毒導致臉部抽筋，完全不理會我的解釋就把我強迫送醫……」

「節哀順變，阿大……」

柳阿一表情沉痛的拍拍對方肩膀。

一手蓋住自己臉孔的方世傑沉浸在過往的傷害中，好似久久不能自已。

「因此我發誓再也不碰婚禮……可是，這一次我又得……」

「不然這樣好了——」柳阿一雙手按住方世傑的兩肩，「這次就讓我來幫你一起籌辦婚禮吧？別看我這樣，我對於婚禮流程設計可是超有想法的哦！就算要我當天擔任主持人也沒問題呢！」

然後順便看看漂亮的未婚單身女郎……柳阿一自是理所當然的沒把這句真心話說出來。

「你要幫我？那怎麼行，你還有下一集的稿子要寫啊！」

「哎，下一集的截稿日還遠得很嘛，臨時抱佛腳不就得了……咳，我是說，朋友有難當頭，我當然得無條件兩肋插刀啊！」

柳阿一刻意清了清嗓子、糾正自己的「不當」用詞，因為他可不想再惹來一頓阿大的編輯鐵拳。

「……真不敢相信。」方世傑板起臉孔，拍開柳阿一的手，用著懷疑又漠然的眼神冷冷盯著柳阿一，「居然能從你的嘴巴裡聽見無條件兩肋插刀這種話，天要下紅雨了。」

「在你眼裡我到底是什麼形象啊？真失禮。」

「不是嗎？就我對你的了解，一定另有企圖。不過這次算了，就讓你來幫我吧。」

語畢，方世傑不留顏面的轉過頭去，像是無視柳阿一的存在，繼續盯著電腦螢幕做著自己手邊的工作。

柳阿一則擅自拿起桌上的喜帖，隨意拉了一張椅子，坐在方世傑的辦公桌旁，對著這張喜帖絞盡腦汁努力構思。

時間一分一秒過去，編輯部內來來去去的人中，只要是知道柳阿一這號人物的，全都在見到柳阿一的瞬間愕然駐足，停留個三秒揉揉眼睛，確定自己沒有看錯。

一來是柳阿一的神隱傳說早就廣為流傳，二來柳阿一向來視編輯部為禁地的個性亦是

眾人皆知，他們都不敢置信自己雙眼所見到的畫面——是活跳跳的柳阿一？還是與陰間連線的柳公阿一？

被人來來回回看了這麼多次的柳阿一，最終再也受不了的拍桌起身大喊：「你們把我當猴子看啊！還有別再那邊竊竊私語說我是活的還死的，對不起哦我還沒死所以全部都聽到了！」

一言既出，編輯部內頓時鴉雀無聲，安靜到只有影印機和傳真機尚在運作嘎嘎作響的聲音。

於是乎，柳阿一還活著的消息在此蓋章確定了，真是可喜可賀、可喜可賀。

「真是的，這種狀態下根本就沒能好好思考嘛……乾脆回家算了。」

柳阿一煩躁的撓了撓頭，他受夠被當珍奇異獸看的感覺，噢不，珍奇異獸被看還能收門票，原來他的處境比一頭貓熊還不如。

「喂，阿大，我回去構思婚禮籌辦的事了，不用送我了……」

柳阿一話說出口後，他的目光就愣愣停在前方的落地窗上——真該死，才說不用人送，外頭就下起雨來了，他偏偏坐公車來沒帶傘啊！

「呃……阿大，你有傘能夠借我用一下嗎？」

「我沒帶傘。」

埋頭工作的方世傑斬釘截鐵的回答。

「咦！那、那不然我再去跟其他編輯借傘……」

「不用了，我開車送你回去吧。」

柳阿一話還沒說完，方世傑便強硬的打斷。

「欸？這不好吧阿大，你不是有工作在身嗎？」

柳阿一愣了一下，心想自己也不是什麼女孩子家需要男人送他回去，而且對方還是個隨時都有可能給他來上一拳的鬼差方世傑……為了身家安全，他還是謝絕對方比較好。

方世傑放下手中的筆，將椅子旋轉過來，抬起頭看向柳阿一。

「你不是不喜歡撐傘嗎？我聽殷宇說了。」

注視著柳阿一的眼神透露著認真，以及一股讓柳阿一說不上是否為關懷的情感。

不過柳阿一倒是吃了一驚，不單單是由於方世傑居然知曉此事，更是因為對方將這看在外人眼中微不足道的小事記在心中，甚至回過頭來提醒他，讓柳阿一有種近似於受寵若

驚的感受。

阿大真是個好人，要是他平常不那麼凶殘的話就更好了！柳阿一默默在心底有了這番結論。

「別給我逞強，送旗下的作家回去這點事我還做得到，也用不著擔心我的工作會因此擔擱。」

方世傑關閉了電腦螢幕的電源，從抽屜中取出房車鑰匙，便起身離開他的座位，邁開修長雙腿往前走。

柳阿一還怔怔的看著，微啟的雙唇似乎欲言又止，直到方世傑轉過頭來。

「還杵在那做什麼？瞧不起我的 TOYOTA 小房車嗎？」

「呃！沒、沒有！絕對沒有！我這就來了阿大！」

被方世傑一瞪，柳阿一趕緊提起腳步追上前。

窗外的雨聲滴答滴答的響著，聽在柳阿一的耳裡，似乎比平時還要多了那麼點沁入心脾的清涼。

△▽ △▽ △▽ △▽ △▽

一前一後坐上車，引擎發動，擋風玻璃的雨刷洗刷著一陣陣的水流，看來這場突然下起的雨比預期大，就連車內也被轟烈的雨聲入侵，籠罩駕駛與副駕駛座上的兩人聽覺。

「喂。」

握著方向盤的方世傑打破沉默，在旁的柳阿一納悶的挑眉看他。

「你上個月出版的第一集，賣得還不錯，讀者的反應都說很像是作者身歷其境，才能寫出的真實臨場感。看來你失蹤回來後，連寫作能力都一起進步了。」

方世傑開著車邊說話，視線不離前方的路況。

「不是很像，是根本身歷其境啊……」

柳阿一低聲喃喃，至今他還未向方世傑說明整個真相，因為考慮到方世傑的個性——明明是靈異與驚悚小說書系的主編，卻一點也不相信這世界上有鬼、甚至外星人存在與否的鐵齒性格。

不過，繼續讓自己的責任編輯蒙在鼓裡好嗎？

其實柳阿一很懷疑，不知道這麼做是否正確，但他就是有種預感，在他身邊的人都有可能被捲入奇異事件中，尤其以過去的經驗來看，他不認為方世傑會是僥倖的特例。

柳阿一決定試探性的問：「吶，阿大，假使我說……第一集幻化成人的蜘蛛，第二集吃人聲帶的聲樂家……都是真實發生過的呢？」

柳阿一嚥了下口水，在等待對方回應的期間，身體不自主的正襟危坐。他戰戰兢兢、全神貫注的盯著方世傑的側臉，緊張的情緒大過於一切。

被柳阿一注視的男人沒有回話，反倒趁著紅燈停車的時候，右手離開方向盤，轉而貼上柳阿一的額頭。

「嗯，沒有發燒。」

久久才從方世傑的口中聽到這一句話，柳阿一簡直傻了眼。

「喂喂阿大，你這是什麼意思？我當然健康得很沒發燒啊！」

「是嗎？但你卻講了很像發燒中病人會說的話。」

前方的紅燈轉綠，方世傑收回了手，重新握上方向盤，油門一踩繼續開著他的車，態度不以為然。

「哈啊？我可是很認真的好嗎！」

「我也是很認真的——柳阿一，之前要你去醫院檢查一下腦子，做了沒？」

縱使沒有回過頭來看柳阿一，方世傑的口氣仍格外嚴肅，甚至是嚴格的命令式口吻。

「啟稟阿大，我的腦子沒問題，有問題的是你的腦子。」

「你說什麼？有種再給我說一次。」

「……對不起我錯了。」

柳阿一立刻敗陣在方世傑朝他亮出的中指威懾下……好殺氣啊！

「我說真的啦，失蹤回來後沒多久我就去醫院檢查了，沒有腦震盪，除了一年前失蹤的記憶空白外，並沒有其他失憶的跡象，身體各方面也沒有任何的問題，所以這點你真的可以相信我。」

柳阿一嘆了口氣，他想想真是悲從中來，今天不是要忙著向人證明他還活著，不然就得解釋他的腦袋沒失靈……他柳阿一有沒有這麼悲催啊？

「既然你的腦袋沒事，那就是你有精神上的問題。」

「等等，你這是間接說我是神經病嗎！」

柳阿一猛吃一驚，他還以為證明了自己的清白，想不到又被一記回馬槍打到，再次跌到黃河裡洗不清。

「哼，你本來就是，現在才知道嗎？」

方世傑臉上掛著相當踐的表情，搭配言語攻擊讓柳阿一為之心靈受創。

柳阿一則一副刻意營造出來的淚眼汪汪，哀怨道：「嗚嗚，真是太過分了阿大，你根本是壞心眼的惡婆婆！」

「吵死人了！我每次跟你說正經事，為何都要牽拖到別的地方去啊！柳阿一，我會說你精神上有問題，不是沒有根據的！」

方世傑乾脆將車開到路旁停下，轉過身對著還在狀況外的柳阿一道：「你失蹤回來後，已不止一次跟我說你寫的故事都是事實，以前的你是絕對不會這樣說的。我曾經問過你對自己作品的看法，你都說那些不過是憑空想像的東西，怎麼可能發生。」

被方世傑的話震醒似的，柳阿一直視對方的瞳孔微微收縮，腦海裡閃過記憶的片段，他過去確實曾對自己的責任編輯這麼說。

「再來，你沒有失蹤期間的記憶，代表這段時間內你很可能遭受到重大的打擊或傷害，像小說或電影裡常提到的一樣，出於防衛機制的本能，你選擇遺忘，但是這段空白期中曾給你的傷害仍在，造成你精神上有了錯亂，甚至是幻覺，將不可能的事信以為真。」

方世傑說得振振有詞，偏棕色的眼中透著犀利，透視貫穿在他面前的柳阿一，想要剖析連當事者柳阿一都不知道的可能性。

柳阿一怔怔望著方世傑，不知不覺也快要順從對方的理論了。

他甚至懷疑是否真的像方世傑所講的那般，自己曾歷經的種種不過是出於幻覺？

不。

不對。

他所見到的、所聽到的，都不可能是虛構的幻象，絕對不是！

因為他有個見證人，就是那位現在正放長假的殷宇，這傢伙可是隨同他一路走來，所以不會是他迷失自我的獨角戲！

倘若真是幻覺，真是他精神錯亂，真是他受到了什麼傷害而遺留下來的後遺症……那麼，殷宇這個人不也是他的幻影之一嗎？

所以不會的。

不會是方世傑所說的那樣。他柳阿一無論是腦袋還是精神狀況，全都再正常不過，真正不正常的——

是這個世界。

為了證明自己沒有妄想，柳阿一需要有殷宇這個證人，他相信只要是殷宇所說的話，方世傑縱然不全然相信，也會有所動搖吧？問題出在殷宇此時不在國內，據說他這趟出遊還不帶手機，說是要來個斷絕音訊的自由行。

那他要如何證實自己所言？

……對了！

不是還有那本勾魂冊嗎！

他只要拿給阿大看，再讓對方親眼見著勾魂冊在無人接觸的狀態下自動書寫，就算是鐵齒到可以接子彈的方世傑也會嚇一跳的！

打定主意的柳阿一握緊拳頭，同時車外的景象也開始動了起來。方世傑剛剛重新發動引擎，車子繼續在灰濛濛的雨天中行進。

△▽ △▽ △▽ △▽ △▽

將柳阿一送到家後，方世傑便立刻下達了逐客令。

「你可以滾下車了，我的愛車今天被你坐了，回去要大清洗。」

「嗚哇，我在你眼中是有多骯髒啊？不過是輛開了十幾年的TOYOTA是在寶貴什麼……該不會你還幫它取了名字吧？」

柳阿一隨口一問，但映入眼簾的另一張臉頓時沉默蹙眉。

「啊，不會吧，被我說中了啊？阿大你真給一輛破車取了名字？」

「什麼破車，不准你這樣說我的貝蒂！」

「噗！貝蒂？真的假的！這輛車居然有這麼可愛的名字，而且還是枉死城的鬼差命名……哇哈哈哈！」

柳阿一再也忍不住的捧腹大笑，笑到臉都快抽筋的地步；被笑的方世傑當然是臉色一陣青一陣紅，更惱羞成怒的舉起腳踹向柳阿一。

「笑什麼！不准笑！再笑我就殺了你！給我滾下車！快給我滾下車！」

方世傑的奪命剪刀腳猛踹柳阿一，即使如此，柳阿一還是停止不了他的笑意，擺著一張又痛又笑的表情趕緊推開車門逃出。路旁的小孩撞見這一幕不禁拉拉他媽媽衣角，作母親的則一臉嫌惡，趕緊摀住孩子的眼睛說著「不要看」。

至於成了壞榜樣的某位仁兄，笑到差點靈魂出竅時終於回過神，猛然想起自己要進家中拿勾魂冊給方世傑看，只是說時遲、那時快，方世傑早開著他家的貝蒂揚長而去。

柳阿一嘆口氣，自己又錯失一個可以向阿大澄清的機會，只好無奈的回家。

進門之後，柳阿一從背包中拿出喜帖，再隨手把背包往沙發上一丟，便翻開喜帖看了起來。

醒目的紅色喜帖上，印著即將邁向另一個人生旅途的新人姓名，男方據說是方世傑大學時期的學長，趙煌；女方則擁有一個很典雅婉約的名字，紀梓晴。帖子上放著兩人的婚紗照，第一眼印象可說是郎才女貌，十分登對。

柳阿一看得出來，這個叫趙煌的男人肯定很有女人緣，有著典型的風流倜儻外表，不過他柳阿一還是更勝一籌啦這毋庸置疑。

再看依偎在準新郎懷裡的女人，容貌端麗，氣質出眾，依據柳阿一歸類獵物的方法，這類型的女人絕對是良家婦女、黃花閨女，好上手卻不許玩票性質，倘若負了對方，十之八九會被以死威脅。

當然啦，這些不過是柳阿一個人的看法，婚禮還是要幫人家好好規畫，答應阿大的事怎能隨便敷衍，況且要是再讓阿大這個「婚禮終結者」第三度心靈受創，他恐怕也難推其責。

只不過，柳阿一總覺得「紀梓晴」這個名字有點眼熟，好像在哪聽過或看過……就連她的模樣也多少有些印象，他敢說自己不是第一次見著這個人，問題是他究竟是在哪見過她呢？

「啊，我想起來了！」

靈光一閃，柳阿一猛然憶起自己之所以感到似曾相識的原因，他趕緊打開電視、轉到新聞臺，果然此時正在報導他想要看的答案。

「銖思集團的千金紀梓晴，下個月三號將與國內知名鋼琴演奏家趙煌結為連理……」

嗓音清澈的女主播字正腔圓的播報新聞，螢幕上出現趙煌在音樂會中專注彈奏的畫

面，下一秒則切換成錸思集團董事夫婦與紀梓晴一同赴會的影像。

鏡頭前的紀梓晴笑得相當靦腆又甜美，頭略低，稍稍閃避著攝影機的捕捉，從這一個動作看來，柳阿一知道自己大致上猜測的沒有錯，可以確定這位即將成為人妻的紀梓晴，真是個相較於其他社交名媛單純許多的好女孩。

「這個趙煌真是不簡單啊……能夠把上這樣的女人當老婆，這輩子都不愁吃穿了呀。」

柳阿一搖頭咋舌，他想為何這等好事都不會發生在自己身上？他要是也能娶個什麼集團的千金小姐，就再也不用寫稿賺錢，能夠徹底擺脫鬼差的魔掌啦！

唉，只可惜黃金單身女郎又少了一個，他柳阿一也只好繼續被阿大差遣折磨……

說到鬼差，柳阿一就想到本來要拿給阿大看的勾魂冊。

他將那本無時無刻都散發不祥之氣的本子，從上鎖的抽屜中取了出來。每每凝望這本有著慘綠色外皮、破舊而泛黃的勾魂冊，柳阿一的心中總有不踏實、猶如烏雲籠罩心頭的感覺，好似窗外的天氣，下雨下個不停的灰暗。

除了心情大受影響外，柳阿一的腦袋也會不由自主調閱過往的記憶，那些與勾魂冊緊密相扣的事件與人物，像是遠山農場的沈莉，還有上個月聽聞死訊的聲樂家邵霓。

收藏在腦葉裡的檔案，凡是與勾魂冊牽扯上關係的，全是不幸的開始與結束。若是可以，柳阿一也常常這般祈求著，最好再也不要見到勾魂冊上出現新的故事，但是，即使多麼不喜歡這本不祥的產物，柳阿一還是得將這本冊子收在身邊。

因為他深信，自己一年多前的離奇失蹤以及失去記憶，都與這本勾魂冊有關，這也是他目前僅存且唯一的線索。他想，或許有朝一日勾魂冊能派上用場，讓他找回似乎被刻意抹殺掉的那段空白記憶。

「勾魂冊啊勾魂冊……你的存在，對我來說究竟代表著什麼……」

柳阿一對著勾魂冊喃喃自語，眼簾低垂。

恰逢此時，慘綠色的冊子忽然發出一陣青光，轉瞬即逝，柳阿一吃驚的倒抽口氣，當下閃過腦海的訊息是：勾魂冊又自動增寫了！

「不會吧？才剛祈求別再給我寫下去，就馬上自動增寫給我看啊？是怎樣？連一本破爛筆記本都能欺負我就是了？」

柳阿一不滿的鼓起兩頰，他竟被一本破冊子打臉了！他周遭的人事物都存心要跟自己

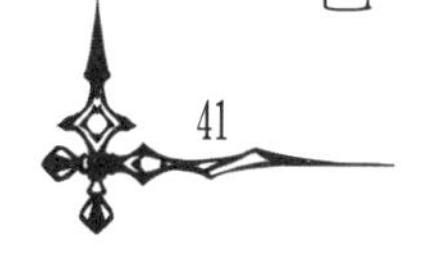

過不去就是了！

即便氣憤難消，柳阿一還是翻開了勾魂冊，想看看這本破爛版的死亡筆記本又寫了啥。

「這、這是……！」

柳阿一睜大雙眸，眼神中流露出不敢置信，在他放下勾魂冊後的第一個動作，就是趕忙從扔在沙發上的背包中拿出手機，開始撥號。

等候接通的來電答鈴讓柳阿一聽得更不耐煩了，因為對方什麼歌曲不挑，偏偏是那無論早上聽、中午聽還是晚上聽都很詭異的往生咒！

好不容易等對方接聽電話，柳阿一開口就喊：「方世傑！我不是早就跟你說過要改掉你的往生咒來電答鈴嗎？你知不知道我每次撥你的手機，都會有等候渡船載我到枉死城的想像畫面啊！」

「吵死了，如果你不喜歡就別打電話來煩我。你到底是找我做什麼？不會只是要跟我抱怨這點事吧？還是你有東西留在我車上忘了拿走？」

方世傑的口氣相當不客氣，不，正確說法是：只要對上柳阿一，他就絕無好口氣。

「我才不是那種丟三忘四的人！」

「那你到底想怎樣？我們不是才剛見過面而已嗎？」

手機另一頭的回話態度十分不以為然。

「別把我們說得好像是剛約完會一樣……你以為我喜歡找你啊？是有很重要的事要跟你說！」

柳阿一無奈的嘆口氣，一手撐在自己的額頭上，撥亂了散在額前的瀏海。

「聽好了阿大——」柳阿一深吸口氣，「你即將新婚的大學學長，恐怕將成為我下一集的真人真事改編素材了。」

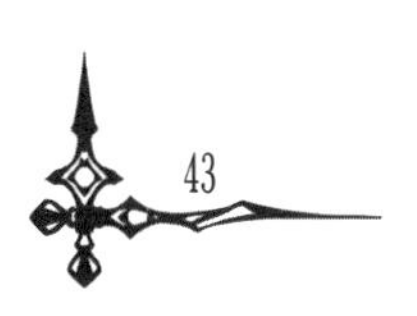

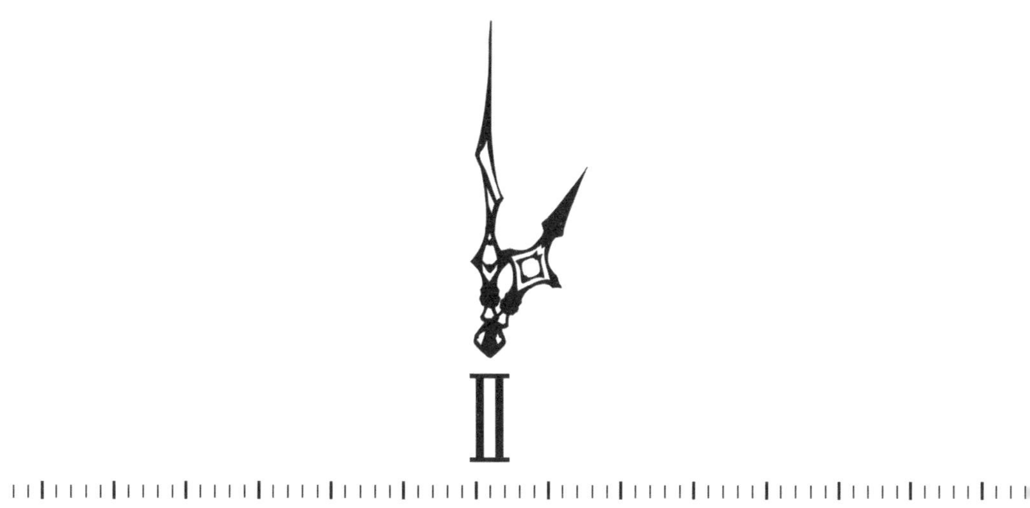

幸福的準新人

傍晚時分，雨停了，窗外的血紅色晚霞透著一抹淡淡的詭譎，群雁像是急著歸巢、躲避著即將降臨的夜幕，地平線上活動的人們也忙著回家。在這個時候，唯獨方世傑在等候的那個人，正趕著要回到他上班的地方。

十分鐘前，待在蚩壬出版社內的方世傑接到了柳阿一來電，電話另一端的語氣緊張，表示要立即見自己一面，有緊急的事要對他說。

工作一整天疲累不已的方世傑本想回拒，對方卻一再央求，這種態度是多年擔任他編輯的方世傑鮮少見過的，心知真不對勁的方世傑只好轉而答應，於是就選在目前下班過後、人去樓空的編輯部內，等待對方到來。

「你即將新婚的大學學長，恐怕將成為我下一集的真人真事改編素材了。」

柳阿一掛斷電話前的這句話，一直縈繞在方世傑的心頭上，他當下聽到的反應是有些嗤之以鼻。

一個擁有大好未來的準新郎，哪會是柳阿一號稱真人真事改編的取材對象？

只是見柳阿一如此嚴肅認真的態度，他好像也被感染了一樣，確實稍微有那麼一點懷疑起這個可能性。

——有沒有可能趙煌將遇到什麼事？

一想到這，方世傑趕緊打住，告訴自己別胡思亂想，一切還是等柳阿一到了再說。

窗外的天空漸漸暗了下來，最後僅剩一道猩紅色的餘暉斜斜射進落地窗內，影影綽綽，無聲的空間內只有方世傑坐在辦公桌前靜待。

方世傑蹺著修長的腿，低頭看著手錶，與柳阿一通話結束已過十五分鐘，他眉頭不耐煩的蹙起，開始反問自己為何當初要答應對方？要不是為了柳阿一，現在的他早就跟著同事一起下班，用不著在這裡耗費時間。

「該死的柳阿一，等等一定要給他好看……」

方世傑邊低聲咒罵邊抬起頭來，然而就在那一瞬間，眼角餘光無意間掃進了一道飄忽即逝的黑影。

方世傑一頓，他僵著身子，眨眨眼，心想著這時候的辦公室內應該沒有其他人在……

難道，又是「那個」嗎？

後頸忽然竄上一股涼意，好似有陣風輕輕吹著自己的頸子，方世傑很清楚那絕不是透過窗戶吹進來的風，作為最後一個離開辦公室的職員，他早已將所有門窗上鎖，只留正前方的門讓柳阿一能夠進得來。

所以，果然是「那個」吧。

方世傑深吸一口氣，閉上雙眼後再緩緩睜開，轉頭朝陰風吹來的方向，一看……

披著一頭黑色長髮、穿著白袍的女人就坐在他後方的椅子上。

方世傑的瞳孔微微收縮，對於這張陌生的臉孔，他怔了怔，眼神像被釘住一樣移不開，被迫看著對方蒼白鐵青的容顏，憔悴而眼窩凹陷的雙眼，還有毫無血色的雙唇，微張的嘴猶如有話要說，然而卻只是喑啞狀態。

最後，方世傑收回了乍見對方時的恐懼，他選擇閉上雙眼，旋過身。

——無視所見到的一切。

也不管「那個人」是否還在原地僵硬的望著他，方世傑臉上的表情已回復如初、鎮定且漠然，腦海裡只有一個聲音告訴自己——

方世傑，你當作什麼事也沒發生。

一如既往，類似的情形在他生命之中猶如家常便飯，可他從不回應，也從不正視；起初第一次遇上的時候還會大驚失色，但一次次的，他學會了如何在短時間內收回自己的害

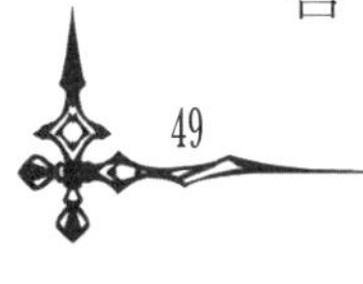

怕，也懂得如何調整視線，讓自己和「那個」徹底隔絕。

方世傑拿起報紙，目光冷冷的閱讀上頭一行又一行密密麻麻的鉛字，他現在只有一件事得做，那就是繼續等待該死的某位作家，其餘都不在他注意的範圍內。

一旦承認「那個」的存在，就完了。

無論是他對這個世界的認知也好，對他的工作也好，甚至是他往後的人生，都會因為這些「不該有的存在」而備受干擾、漸漸崩壞。

他不允許這樣的事情發生，絕不。

他有權選擇自己的人生，而他所要的命運……絕不是與這些「不該有的存在」為伍。

修長、猶如女人般秀氣漂亮的指尖，用著一如往常的優雅之姿翻閱下一頁，方世傑這時眉頭微挑，似乎被報章上某個標題抓住目光之際，有道粗魯的聲響傳了過來。

「抱歉抱歉！因為遇到下班時間路上塞車來晚了！」

隨同破門而入的聲音，方世傑在等的人急急忙忙跑進他的眼簾之內，對方表現得像一條累到不行的大狗，垂頭、吐舌又喘氣。

「哼，這不是理由，要怪就怪你的超車技術太差，若換作是我，就不會被卡在車陣之中。」

方世傑闔上報紙，不以為然的劈頭就回了柳阿一一槍，同時瞥一眼後頭的椅子，原先所見的人影已消失無蹤。

方世傑稍稍的鬆了口氣，只是他並不自覺，目光很快的又回到面前的柳阿一身上。

「說，你匆匆忙忙趕來公司，不就是要跟我談趙煌的事嗎？限你一秒內說出來，否則就等著鐵拳伺候。」

「嗚啊！太強人所難了吧！」柳阿一愕然抬起頭來，大聲驚呼。

「……一。」

「我說我說！關、關於你家學長的事——我想他很可能遇上麻煩事了！」連喘口氣的時間都不允許，為保身家安全，柳阿一趕緊說出。

只見泰然坐在旋轉椅上的方世傑，雙手環胸，雁眉微挑。

「什麼麻煩事？是你要去搶他的未婚妻嗎？」

「阿大你怎麼會知道……才不是！我這個人從不去碰有夫之婦好嗎！」

「那趙煌會有什麼麻煩事？尤其是從你口中說出來的麻煩事，不是就只有那方面而已

嗎？」方世傑嗤之以鼻的冷哼一聲。

「你到底把我想得多不堪啊……阿大，我是認真的，趙先生很可能會遇上相當棘手，而且還會是超乎你我想像的事。」

口吻一改，連同換上正經八百的神情，柳阿一突然嚴肅起來的模樣讓方世傑愣了一下。

「……那你就說說看，到底會發生什麼事。」

方世傑眉頭一皺，不得不說柳阿一難得認真的表情反倒更具魄力，就連平常總爬在對方頭頂上的自己，也由不得心裡一顫、倒抽口氣。

「老實說，詳細的情況我也不是很清楚……」

柳阿一撓了撓臉頰，另一手則將背包取下，探進其中。「不過，也許我們能夠透過這本冊子預測一下。」

從背包中拿出披著慘綠色書皮的勾魂冊，柳阿一終於讓它在方世傑面前亮相。

「這本冊子？你在耍我嗎，柳阿一？這不就是我之前拿還給你的破書？」

「阿大，這可不是一本普通的破書。」柳阿一兩手拿著勾魂冊，一臉正色、口氣嚴肅的說道：「這是『勾魂冊』，裡頭記載的一切，都會降臨在被它選中的目標身上。」

「哼……你該不會想說，趙煌就是被這本死亡筆記本選中的人吧？你以為這種話我會信嗎？你當自己是夜神月啊？」

方世傑眉頭輕挑，冷冷的嘲諷柳阿一，他現在想想真是自己糊塗了，竟會讓自己與柳阿一在這裡浪費時間。

「不不不，你錯了阿大，如果是死亡筆記本，我早就第一個把你寫進去了……咳，我是說，這不是死亡筆記本，死亡筆記本是人手寫的，這本勾魂冊則是會自動書寫！」

面對方世傑的質問，柳阿一猛搖頭，他知道要說服鐵齒的責任編輯比登天還難，但人命關天，他還是得盡力一試。

「你到底在說什麼鬼話？柳阿一，看來你的妄想症比我想像中還來得嚴重啊。」

「才不是妄想症，這是真的！殷宇那傢伙也親眼見過！他跟我一樣清楚這本勾魂冊有多邪門！如果阿大你不相信的話，可以等殷宇回來後親自問問！」

柳阿一急著想否定，他可不想再被貼上精神病的標籤，手握著勾魂冊的力道更緊了。

「等等，你說殷宇也知道？這該不會也是你的妄想症之一吧？」

顯然方世傑根本沒有要相信柳阿一的意思，不斷的反問，終於逼得柳阿一受不了的按住他的肩膀、嚴正且大聲道：「方世傑你聽我說！我明白這些事聽起來都讓人難以置信，我當初也是如此！可是，無論你現在要怎麼懷疑我都無所謂，我只要你好好的聽我把話說完，再來決定要不要聽信！」

語畢，柳阿一又立刻補上一句：「當然，如果你不想見到悲劇發生，最好試著相信我的話，就算是半信半疑也好！」

柳阿一緊緊抓著方世傑的肩膀，說到激動處，身體更不自主的微微顫抖。

對方世傑來說，這還是他頭一次見到如此據理力爭的柳阿一。

即使不想承認，方世傑覺得自己在這一刻輸給了對方的氣勢，當然也多少被柳阿一說動了，他是真的有些擔心起趙煌的未來。

「我明白了……那我就試著聽聽你怎麼說，在你把話說完前不再打斷。」面對柳阿一過於灼灼認真的眼神，方世傑別過頭，低聲允諾。

「謝謝你，阿大。」

終於獲得首肯的柳阿一鬆了口氣，便翻開勾魂冊，雙眼讀取謄寫在泛黃書頁上的墨色文字。

「事情是這樣的，這本勾魂冊有類似預言的功能，然而它只會有不祥的預言，冊子中提及的對象從來不指名道姓，可是從慣例來看，都和我身邊的人有關……」

柳阿一簡單概要的向方世傑說明，方世傑也一如他的諾言，靜靜聆聽、暫且不做任何的評斷或發表。

「至於預言出現的原因，我至今還不明瞭，只知這本冊子會自動增寫內容，並且都用一種旁觀者的視角去描寫，好似它就是這些不幸事件的始作俑者……裡頭的敘述很文雅，大都很神秘，就像我在寫驚悚小說一樣，答案不會一開始就點開，而是隨著發展漸漸解開謎題。」

說話的同時，柳阿一不時偷瞄方世傑臉上的反應，哪怕是一點點細微的變化都會讓他有些緊張，就怕對方會聽不下去起身走人。好在，目前為止柳阿一並未發現方世傑有不耐煩的舉動。

「就在今天你送我回家後，這本勾魂冊又自個兒書寫下新的篇章，在我看了新的內容後，腦海裡第一個浮現的人就是你學長……」

柳阿一將攤開的勾魂冊平擺在辦公桌面上，好讓方世傑也能親眼一睹上頭的文字。柳阿一接著宣讀剛出爐沒多久的新敘述。

「琴聲悠揚，卻埋藏著火藥；愛情美妙，卻蒙蔽了真相。人類永遠都學不會，感情是這個世界該死的神，給予他們的最大敗筆……來吧，即將開始了，我將以地獄的風格作詮釋，彈奏著屬於這對戀人的斷魂曲，作為我最由衷的新婚賀禮。」

最後一個話音落下，柳阿一對於勾魂冊上的新單元，仍是一如既往的充滿不祥的預感，彷彿可以預見最不好的結局即將搬上檯面。

相較於柳阿一的沉鬱，一旁的方世傑瞳孔微微收縮、屏住氣息，表現出有些難以置信的模樣，即便是他看了這段內容，也能馬上聯想到近來電視上都在報導的那對準新人，因為不可能這麼湊巧……

既是琴聲悠揚，又是新婚賀禮，要他不將趙煌對號入座都難。

「看來阿大也跟我有一樣的想法吧……雖然不知道將會發生什麼事，但肯定不會是好事。」

柳阿一深吸口氣，繼續說道：「就我所知，凡是被這本勾魂冊寫進去的人，大都沒有好下場……非死即傷。」

口吻中帶著淡淡的淒涼，每當柳阿一回想起過去經歷的種種，總會悲從中來。如果可以，他其實不希望方世傑也將遭遇這樣的事。

在柳阿一把話說完後，方世傑仍保持沉默，不過卻主動翻閱桌上的勾魂冊，眼神專注的掃過上頭一頁又一頁的文字。

柳阿一對方世傑的舉動感到些許意外，他以為依方世傑的個性，別說去碰勾魂冊，搞不好火氣一個上來還會把冊子拿去扔了或撕碎。

「前面幾頁的記載……變成人形的蜘蛛與食人聲樂家，都是你之前所寫的小說情節吧？」方世傑開了口，語氣平淡，目光還停留在勾魂冊粗糙的內頁裡。

「呃，是沒錯，我的小說題材就是從這本勾魂冊而來……」

柳阿一搔搔後腦勺，他猜方世傑是不是又要斥他為無稽之談，或者說這種種不過是他的妄想症發作。

只是這一回他卻猜錯了。

方世傑將勾魂冊闔上，抬起頭來，將斯文俊美、讓無數辦公室女職員暗中著迷的臉龐

對向柳阿一。

「你說過，你的故事都是真人真事改編吧？」方世傑正色的問。

柳阿一點點頭，「是、是的，若有必要，我甚至可以告訴你裡頭主角的真實姓名。」

「既然如此，我就姑且相信你。」

「欸？」

等等，他柳阿一剛剛是不是幻聽了？他是真的幻聽發作了吧？

「懷疑啊？」

眼看柳阿一做著愚蠢的拉臉皮動作，方世傑不悅的皺起眉頭。

「不、不！小的哪敢！小的只是太意外！」

柳阿一猛搖頭，他是真的沒想到方世傑會如此乾脆的相信自己，他還以為得再耗上一番口舌之力才能說服對方。

天啊，枉死城第一鬼差居然信他的話了！他柳阿一是要出運了嗎！

「哼，我可是把話說在前頭，我對此仍是抱持著半信半疑的態度，你最好皮還是給我繃緊點。」

也真不愧是枉死城的第一鬼差，方世傑立即就對柳阿一撂下狠話，他瞪著柳阿一的眼神中，擺明寫著倘若欺騙他的下場就是「做了你」三大字。

柳阿一僵硬的嚥了下口水。說實在的，他哪來這麼大的膽子敢耍方世傑啊？又不是不要命！

「那麼，你接下來打算怎麼做？假設趙煌真如這本冊子上所寫的，將遇上什麼壞事的話。」確定柳阿一收到他赤裸裸的恐嚇後，方世傑口氣一改，將話題的重心拉回趙煌身上。

「根據以前的經驗，我是打算先與你那位學長見上一面，多少能夠從他的言行舉止中查看有何蛛絲馬跡。不過，既然他是阿大你的學長，看起來你和他的關係又還不錯，應該可以先跟我透露一下這個人的風評吧？」

方世傑卻淡淡的搖了搖頭，「不，坦白說我們在大學畢業後就鮮少聯絡，我想趙煌應該是想起我的設計長才，所以才找上門來要我幫忙籌辦婚禮。」

「原來如此……那的確只剩登門拜訪一路了，因為人在這麼久的時間裡，很難說會不會有所改變呢……」

柳阿一的目光放遠，語重心長，心底卻已拿定了主意。

△▽　△▽　△▽　△▽　△▽

柔美悠揚的琴聲，從門的縫隙流洩而出。與方世傑一起站在門前的柳阿一，雖不甚了解古典音樂，但樂聲的美好，縱使是他這般俗人也懂得品味，心想門內住的真不愧是當今知名鋼琴家，光是站在對方家門前、聽著人家可能不過是隨意的彈奏，就彷彿有聆聽演奏會的感受。

「叮咚。」

直到一旁的方世傑按下門鈴、打斷了琴聲，柳阿一才從沉醉的恍惚狀態中清醒。

很快的，隔絕外界的門扉應聲開啟，從中探出一顆頭來，當他一見到門外的方世傑，臉上神情即刻轉為熱情的驚喜。

「這不是小方嗎！來，快進來坐坐！」

開門的男人笑得相當燦爛，馬上招呼外頭的方世傑入內。

方世傑身後的柳阿一暗暗扯了扯嘴角，心裡正吐槽「小方」這個和藹到讓他起雞皮疙瘩的綽號，真不知方世傑那些編輯部的同仁聽到這個稱呼，會不會也驚得一臉鐵青。

「至於小方後面那一位是……？」

對方終於注意到柳阿一的存在，在拿室內拖鞋給方世傑的時候，納悶的問了一下。

「他是柳阿一，我目前手中的簽約作家，他對於婚禮籌辦似乎挺有本事，因此我就找他一起幫忙了。」

方世傑換穿拖鞋的同時，朝他面前的男主人介紹柳阿一。被指名道姓的柳阿一則立即向對方微笑、點頭致意。

「哦，原來是小方看中的潛力作家啊！幸會，我是小方的學長，敝姓趙名……」

「啊，我知道您，趙煌先生，近來您在電視上常出現呢，不過本人比螢幕上帥多了。」

「哈哈，是嗎？那真是不好意思，柳先生也是一表人才啊，很感謝你的協助呢，我想有你和小方的幫忙，這場婚禮一定會辦得很完美！」

趙煌的笑容越發燦爛，被當面讚美與感謝的柳阿一也笑得開懷，唯有方世傑鐵著一張

臉、冷冷的插話：「學長，不需要這樣捧他，這傢伙會信以為真的。」

「嗚哇！阿大真是見不得人家好。」

柳阿一搖頭咋舌，他的編輯就是這麼惡毒。

「哈哈，小方還是老樣子啊，個性一點也沒變呢，不過柳先生你也別太介意，我家學弟嘴巴毒了點卻沒有惡意哦。好了，都快進來吧，在電話裡頭不是說好要一起討論婚禮籌辦嗎？」

趙煌親切的將兩人請進屋內，然後將事先沏好的熱茶送到客人面前，邀請品嘗。

被這般禮遇的柳阿一自是對趙煌多了些好印象，這和他預先猜想的趙煌很不一樣，原以為一個頗負盛名的鋼琴家、即將攀上權貴人家的駙馬爺，會對他這個沒什麼名氣的普通人冷眼相看，想不到待人卻是如此殷切，真是遠超乎他的預料。

不過，也似乎因為這種個性，才能和方世傑這冷面魔鬼相處良好吧。

「對了，紀梓晴小姐呢？怎麼不見她在家中？」

方世傑在拿起茶杯喝一口前，先是注意到了屋內僅有趙煌一人看家，同居的未婚妻則不在現場，於是隨口好奇一問。

「哦，今天是梓晴到孤兒院擔當說故事義工的日子。沒辦法，她很受小孩子的歡迎啊！每次一被那些小朋友包圍就要很久才出得來。小方你說，我是不是該吃他們的醋啊？哈哈！」

趙煌邊笑邊說，雖與方世傑許久不見，談起話來卻一點也不生疏，豪邁的灌下一口茶後又道：「梓晴她啊，就是太有母愛，太會同情別人，這樣的千金小姐如今還真是少見哪，我很慶幸自己能夠遇上她……要不是她，也不會有今日的我。」

說著說著，趙煌的眼簾微微垂下，偏棕色的瞳仁陷入回憶之中，目光被放逐到遙遠的地方。

關於這點，柳阿一也是知道的。在來到趙煌家前，他事先做了點功課，從報章雜誌上得知作為一名鋼琴家的趙煌，曾有段非常窮困潦倒的時候，是由於他如今的未婚妻紀梓晴慧眼識英雄，幫助了當時的他重新站起，才有現在音樂事業版圖大好的趙煌。

柳阿一發現，每當趙煌被採訪的時候，都會特別將這一段令人欣羨又感動的往事重提，並一次又一次感謝紀梓晴對他的支持，不僅僅是增添了世人對紀梓晴的好印象，也一併加深了趙煌好男人的形象。

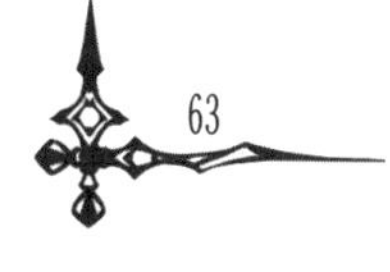

只是柳阿一不懂了——

看似完美幸福的王子與公主，怎會被不祥的勾魂冊選上呢？

柳阿一的臉色沉了下來，眉頭也不自覺的蹙了起來，這副模樣被對面的趙煌見著，自是引來了主人的關切。

「柳先生怎麼了？有需要我幫忙的地方嗎？」

被這麼一問，不僅打斷了柳阿一的思緒，更讓他意識到自己的失禮之處，便想蒙混過去的轉了轉頭看看四周、隨口就答：「嘛，我是在研究一下趙先生你們家的裝潢擺設啦，真是好眼光啊，挑選的家具材質都很不錯，噢，其中最棒的是那臺鋼琴，瞧瞧它的氣勢……肯定價值不菲吧？」

柳阿一不過是隨意說說，想不到趙煌的反應比預期還熱烈，他喜出望外的回道：「柳先生真是好眼光哪！多少客人來到我家後都沒特別留意這臺鋼琴，老實說它並不是什麼高級的品牌，但對我來說卻有著相當大的意義。」

「在我心中，我和柳先生的看法一致，這臺鋼琴確實有著一種非凡的氣勢，只是一般人都沒察覺到罷了。」

趙煌說到興頭上還站起身，走到擺放在客廳右側的黑色鋼琴旁，伸出手來像愛撫情人般觸摸琴身。

「就是這臺鋼琴，與梓晴一起陪伴我走過最低潮的歲月……每日每夜對著它彈奏、練習，我彈琴的技巧與樂曲掌握度也因此提升了不少。」

趙煌側著頭，對著長年伴他的鋼琴輕聲訴說，眼神頓時溫柔了起來。

柳阿一想應和對方，卻先注意到了此時的方世傑正怔怔望著他們暢談的對象，也就是那臺鋼琴。

就柳阿一看來，方世傑的眼中除了鋼琴以外沒有其他事物，可方世傑不那麼認為。

漆黑的鋼琴旁，那張擺放的座椅上……

坐了一個人，正用森森的眼神望著方世傑。

方世傑蹙起眉頭，目光聚焦在那個人微微顫動的雙脣上，對方好似要說些什麼，卻像放進了真空般完全聽不到。

方世傑兩眉間的凹壑皺得更深，凝視「那個人」的眼神也更望穿秋水，他想知道答案，直覺告訴他必須知道——

「阿大？阿大你還好吧？」

柳阿一面有擔憂的搖了搖方世傑，方世傑猛然一個回神、倒抽口氣，眨了眨眼。從柳阿一等人的反應來看，方世傑這一瞬間明白自己又陷入了那個狀態，見著了別人所看不到的事物。

「啊？嗯，我沒事……」

差點就要露餡了。

方世傑如此心想，下意識用手掌抹了抹臉，只是他仍無法消除那絲在意感，又抬眼看向方才見著人影的地方，然而鋼琴旁的座椅上已空無一物。

「小方，看你面色發白……真的沒事嗎？」

這次換趙煌擔心的問，身體湊近方世傑。

方世傑搖了搖頭，「沒事，真的沒事，不過是我一時分神罷了……不好意思，是該繼續討論我們今天前來的主題了。」

話是這麼說，方世傑自己清楚，那道他還來不及看清模樣的人影仍縈繞在心頭，挑撥著他的好奇與不安。從見著「那個人」出現在趙煌家中的當下，他的內心就被散不去的烏雲籠罩。

「阿大，要是身體哪裡不舒服可以直說沒關係……」

即使方世傑不斷否認，柳阿一還是不全然相信，因為他所了解的方世傑會在討論時岔了神，簡直是不可思議的事。

「少囉嗦！我不是說了沒事……」

方世傑表現出不耐煩模樣的同時，客廳另一邊傳來門扉被打開的聲音，眾人回頭一看，正是近來同樣常在電視新聞上見到的紀梓晴。

「哎呀，有客人？」

脫下高跟鞋的紀梓晴有些意外的眨眨眼，看著與自己未婚夫坐在客廳沙發上的柳阿一等人，她反應很快的掛上笑容，先禮貌的向注視自己的客人們點頭致意。

「哦，容我介紹一下，這兩位是幫忙我們籌辦婚禮的朋友……」

趙煌簡單扼要的將雙方介紹給彼此之後，紀梓晴便先走到書櫃旁，將抱在懷裡的好幾本書卸下。

至於柳阿一這邊，向來不錯過欣賞任何一位美女的機會，立即暗暗打量起對方。

以下是柳阿一的評論：

這位紀梓晴小姐，本人比電視上還來得清秀，可能是今天脂粉未施的原因，看起來也年輕許多。她有著一頭烏溜溜的長髮，隨意簡單的紮成馬尾，有一雙圓亮的漆黑雙眼，眨呀眨的好似夜晚星子，璀璨卻不過分刺眼，再加上今日較為樸素的穿著，使她給人一種鄰家女孩的印象，很難想像她其實是位家財萬貫的豪門千金。

總結一句，就是溫柔婉約，似乎是很傳統小女人且聽話的好女人。

真可惜這樣的大家閨秀已經死會了，柳阿一真恨自己生不逢時，不然今天即將當上駙馬爺的人就是他了。

被柳阿一目光追隨的紀梓晴這時又走到衣架旁，她脫下外套準備掛上去時，卻發現另一件早已披在上頭的衣物。

「煌，這件外套是……？」紀梓晴瞇起雙眼，回想一下這似乎不是她的外套。

「哦，那是我老姐的，她今天來找我卻忘了將外套帶回去。真是的，都上了年紀的女人還如此丟三忘四。」

趙煌回應了紀梓晴的疑惑，接著又道：「對了，說到老姐，她還帶了旅行回來的土產給我們，不如拿出來跟大家分享著吃吧？」

「好呀，我們可要好好款待這兩位呢。是說不好意思啊各位，今天我有些累了，請讓我先去洗個澡吧。」

解開心頭的疑問後，紀梓晴便重新泛起笑容，先行忙著自個兒的事去。

裝潢華美的客廳內又只剩下三個大男人坐在沙發上，吃著甜嘴的土產進行討論。

然而，此趟到來本就醉翁之意不在酒的柳阿一，心底很困擾，看看這對即將成婚的準新人生活美滿、毫無異象，他開始懷疑自己是否解讀錯了勾魂冊的預言。

只是柳阿一不知道，對他來說這看似毫無破綻的景象之中，在方世傑眼中卻有另一種截然不同的看法……

「那個人」的身影，在方世傑的腦海中久久不散。

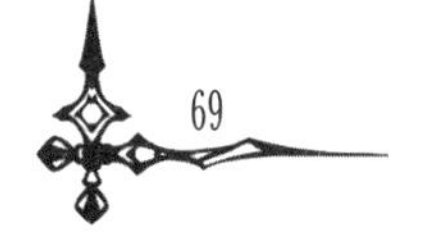

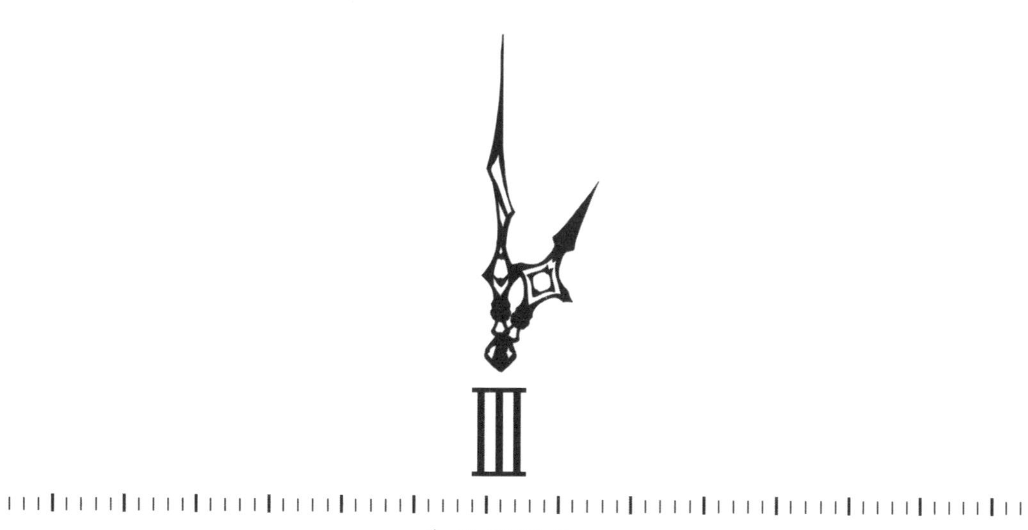

陰陽眼

滿天的星斗被夜燈掩蓋，漆黑的天幕上只看得見一輪明月，鵝黃的月光輕瀉一地，忙碌的人們早已忽略這道美麗的風景，在繁華的都市之夜，空氣中除了塵埃之外，還有一種悶熱的氣味。

紀梓晴開著車，慢慢駛入附近的停車場。停好車後，她下了車，看了看頭上的夜幕，喃喃自語：「今晚的月色真美啊……」

她提起腳跟，走入一家著名的西餐廳內。一踏入門，輕柔高雅的鋼琴聲飄入耳內，紀梓晴凝神一聽，在心中嘆道，這是蕭邦的名作《夜曲》，和諧的音符之中透著淡淡的哀愁，傾訴著作曲家內心的惆悵。

紀梓晴找了個位子坐下，向服務生點了餐後，目光便一直停留在前方，映入眼簾內的，是名穿著黑色西裝、容貌俊挺的男子。

他迷人的棕色雙眸，專注在潔白的鋼琴鍵上，修長的手指正彈奏著一首醉人的音樂，在投射燈的照映下，更增添他的耀眼程度，讓人無法不被他深深吸引。

紀梓晴越看越入迷，甚至忘了時間的存在，她就像一塊純鐵，深深被眼前的磁石吸引，無法轉移她的目光，不僅視線被他抓住，就連雙耳也不可自拔的想聽下去。

不知不覺的，餐廳已準備打烊。

紀梓晴在聽到拉鐵門聲時，才從久久無法忘我的沉醉中醒來，她很不好意思的付了餐錢，正要踏出店門之際，天空突然下起雨來。

她愣住了，心想沒帶傘該怎麼辦？難道要站在這等雨下完？還是乾脆一鼓作氣直接衝到停車場？

當她愁得不知所措時，一把傘適時撐在她頂上。

「剛才多謝妳捧場了。妳沒帶傘吧？讓我送妳一程如何？」

一道充滿磁性的嗓音隨即在身後響起，紀梓晴轉過頭，正是那名彈琴的男子。兩人眼神相觸，令紀梓晴不禁臉泛桃紅，她羞澀點了點頭，接受了對方的好意。

煙雨朦朧的星空下，他們倆共撐一把淺藍色的雨傘，漫步走在泥濘的道路上。

「真不好意思，讓你送我到停車場……」紀梓晴小聲道。

對她來說這真是一個驚喜，想不到這男人會如此體貼，更何況，她從見到對方的那一刻起，就對他產生了一絲的傾慕。

「哪裡，我還得感謝妳呢，很感謝妳欣賞我的表演。」

男人嘴角勾起笑靨，露出象牙白般的皓齒。

「那、那是因為你彈得很好聽啊……」

紀梓晴抬起頭，注視著對方的側臉。

「呵……謝謝妳。不過，我也只能彈到這種水準了……小時候家境尚可時曾學過鋼琴，但家道中落後就輟學工作、沒有再繼續深造，就目前為止只能拿來當打工糊口的粗淺技能罷了。」男人苦苦一笑，輕輕搖了搖頭。

「那真是太可惜了！如果你想繼續學的話……我、我可以幫你！」紀梓晴略微激動的回應。

真是太可惜了——假如他能繼續學下去，那麼他的成就應不止這般。

男人又是搖搖頭，無奈笑了笑，答道：「哈，學鋼琴的費用不是小數目啊，所以謝謝小姐的好意。對了，還沒請教小姐的芳名是？」

「我、我叫紀梓晴……」紀梓晴害羞的回答。

這時，對方卻露出詫異的神情，因為他曾在電視上見過這名字，若他沒記錯，錸思集團的千金好像也叫紀梓晴！

「啊，到了……謝謝你送我到這。」

紀梓晴走到車旁，便向身旁的男人道謝，打算離去。

「不用客氣，這是我的榮幸。那麼小姐，正是我的名片。希望我們能再聯絡。」

男人遞出一張名片，上面標著「趙煌」斗大兩字。

△▽　△▽　△▽　△▽　△▽

對一名在家工作的全職作家來說，週休二日沒有任何的意義；但對一名朝九晚五在公司工作的編輯而言，假日應是好好休息放鬆的時刻，然而身為蚩壬出版社鬼差編輯之一的方世傑，卻得來到柳阿一這豬窩狗窩都未及他凌亂的家中，看著旗下作家為一對準新人書寫的文章。

「怎樣，趙煌和紀梓晴的初遇，我寫的還算不錯吧？」

柳阿一坐在被衣物占據大半位子的擁擠沙發上，向對面的方世傑自信一笑。

在寂寥的夜空下一對單身男女相遇，有鋼琴的陪伴和夜雨催化，趙煌與紀梓晴這兩人當初不陷入愛河才怪。柳阿一摸著自己的下巴，如此肯定的想。

柳阿一可不是自個兒無中生有，故事來源取自對於趙煌與紀梓晴的採訪，由柳阿一改寫這則浪漫的往事，到時將用在婚禮會場上以投影片的形式播放。

「哼，我才正要說你沒有寫愛情故事的天分，還是回去寫寫你的恐怖小說比較實在。」

方世傑不以為然冷哼一聲，毫不留情往柳阿一身上潑了一桶冷水。不過，想不到趙煌與紀梓晴的相遇竟如此戲劇化，許多偶像劇的開展不也如此而已。

「切，那是阿大你不懂啦！沒談過戀愛的傢伙哪懂得其中淡淡的甜蜜滋味！」柳阿一蹺起二郎腿，不服氣的回應。

方世傑挑起眉頭，冷冷的問道：「感情方面的事我不懂，那麼勾魂冊的事呢？你就真的徹底搞清楚了嗎？打從趙煌家回來後你便隻字不提，打算當作什麼也沒發生嗎？」

「呃！那、那是因為我……完全察覺不出有什麼不對勁嘛，實在是心虛所以才不敢再提這件事……」

就怕阿大會把他分屍——最後這句話，柳阿一沒膽說出來。

反觀方世傑板起臉來，雙手環胸，眼神鋒利的瞪著柳阿一。

「嗚哇！我錯了我錯了！我知道我已經失去阿大對我的信任、我再說什麼你都不會相信我了……對不起！請當我從沒跟你提起勾魂冊這件事吧！」

柳阿一緊閉雙眼、雙掌合十求饒，以為自己下一秒即將被鬼差打入十八層地獄，卻聽見對方冷冷的講了一句——

「你在胡說什麼？實際上，我也認為趙煌真的遇上麻煩了。」

「哈啊？」

柳阿一愣住，當他回神過來時才趕緊追問方世傑原因。

只見方世傑一臉猶豫，揪緊眉頭思考了一會後，才深深吐出一口氣，抬起臉來做好準備面對自己即將啟齒的話……

△▽　△▽　△▽　△▽　△▽

偌大的音樂廳內，聚集了數百架鎂光燈，不斷閃爍的白光一道道躍進趙煌眼內。

時光冉冉、歲月穿梭，曾經默默無聞的趙煌現已是家喻戶曉、享譽國際的鋼琴家，今天正是他發表新曲的日子，也是他邁入事業高峰的時機，因為這首即將現世的曲子，已被某知名導演看好，預定作為新戲的主題曲。

同時，這支曲子也是他將要獻出去的禮物……

萬眾矚目下，趙煌屏氣凝神的坐在椅上，指尖懸空，欲展開第一個音符。倒抽一口氣之後，他毫不猶豫的開始彈奏，從他指尖瀉出的琴韻，彷彿是幻化的仙子，在琴鍵上輕靈跳舞。

柔情的曲風，似甜上心頭的蜜糖，令聽者不由得感到悸動、嚐到愛戀般的滋味。最後，他完美的彈完此曲，以一個九十度的鞠躬向聽眾致敬，隨即襲上雙耳的，是眾人欽佩、動容的掌聲。

趙煌以一抹微笑作為回報，英俊容貌成了媒體的捕捉焦點。他走至舞臺中央，拿起麥克風道：「謝謝各位。今天我所發表的曲子，其實是為了感謝一個人所寫的。那個人對我而言，是生命中不可或缺的存在。沒有她，就沒有今日站在此處的我。」

「是她賞識我的能力、資助我往上學習；是她在我最失意的日子支持我、給予我奮鬥

下去的目標。一個成功的男人背後，一定有個偉大的女人，而那個偉大的女人，就是——紀梓晴小姐！這首《給最愛的妳》，正是我要獻給妳的婚前禮物。梓晴，我們要永遠在一起！」

語畢，全場一片譁然，然而更顯得不知所措的，莫屬坐在臺下的當事人——紀梓晴。受寵若驚的她，眼眶和鼻頭不禁紅潤起來，喉頭間發出哽咽的低語，溫熱的淚珠滑落至兩頰。

此時的她腦中一片空白，不顧在鏡頭下哭花的臉，她只知自己好激動、喜悅，跟趙煌交往三年多來，這是他做出最令人驚喜的舉動，也從這一刻起，她更確定要與趙煌永遠廝守的心意……無論未來有多大的變數，她至死也要貫徹這決心。

永永遠遠都要在一起！

新曲發表會結束後，紀梓晴先是一個人回到家，半小時前，趙煌說有公事要接洽，可能會晚些回家。

她笑了笑點頭答應，回答說別太辛苦、要注意自己的安危。趙煌也回以微笑，與她擁吻一番後離去。

入夜後，月色越加朦朧，今晚厚重的雲層擋住了點點繁星，只剩一抹弦月孤單垂掛，讓望月的紀梓晴不禁將情緒投射在上，她此刻一如那寂寞的月，沒有趙煌的陪伴。

隨著等候時間的拉長，她的眼皮沉了，卻無心想睡，一心牽掛在還未歸來的愛人身上。

紀梓晴走到擺放在客廳一隅的鋼琴，纖纖指尖輕輕滑過黑色琴身，最後停頓在黑白相間的琴鍵上，敲下第一個音符。沉沉的琴聲幽幽縈繞，紀梓晴不禁再下第二個指令，接著漸漸彈起了樂曲來，正是那首趙煌獻給她的禮物——《給最愛的妳》。

旋律是如此濃情纏綿，可在只有幽微月光投射進屋、紀梓晴獨自待著的空閨內，聽起來就多了種淡淡的黯然與憂傷。

夜晚漫漫長長，紀梓晴苦苦等候，思念以外還多了一點擔心，心想此刻的趙煌是否安然？是否工作談得順利？又是否在回家的路上？

問號隨著時間拉長越冒越多，紀梓晴只能將情緒寄託在彈琴的發洩上，重複彈著一遍又一遍的《給最愛的妳》，沉浸在樂聲中的她卻不知道……

座位旁多了一個她看不見的聽眾，正用森然的眼神望著她。

△▽　△▽　△▽　△▽　△▽

這天，柳阿一一如之前，到蚩壬出版社辦公室等方世傑下班，兩人早已經約好要討論關於趙煌那對準新人的事。只不過此舉倒是引來一些同仁間的流言蜚語，在蚩壬出版社女性職員之間特別盛傳，向來很在意女性對他評價的柳阿一當然聽聞了。

不過，對於聽到的答案，他一反常態的感覺很不是滋味。

「我說阿大……」柳阿一皺起眉頭，一手撓撓後腦勺，「可不可以別再叫我提前來等你下班？這樣搞得別人以為我們在約會啊！」

終於把話說出口了，他近來真是受夠這類的竊竊私語，尤其那個專門收耽美類別稿件的編輯部，甚至還打賭猜測他們兩人誰攻誰受……

什麼鬼啊！

要不是為了勾魂冊的事，他柳阿一才不要受這種氣！而且還重重影響他在妹子之間的價值和吸引力，方世傑賠得起嗎？他賠得起嗎！

「管他們在想什麼，這麼做對我而言比較方便，不准你有意見。」

方世傑面無表情的收拾自己的公事包，連回看柳阿一一眼都沒有，顯然不把對方的話放在心上。

「嗚，我的編輯們怎麼不是女王就是腹黑……」

柳阿一難過的搖著頭，腦海裡同時浮現方世傑和跑去度假的殷宇容貌，他心想自己是造了幾輩子的孽，茫茫編輯海中偏偏這兩人是他的頂頭上司。

「少囉嗦，與其在這邊閒扯，還不如快快討論趙煌他們的事。」

方世傑將所有東西收拾好後就坐回椅子上，雙手抱胸，冷冷的看著面前的柳阿一。此時的辦公室內也只剩他們倆，同事們已走得精光。

「說到這個，我才要問你……阿大，我以前怎麼都不知道你有陰陽眼？」

柳阿一想起了關於之前方世傑跟他提的事。

方世傑表示，他當時在趙煌的家中……見到了不該出現也不該存在的「人」。

除此之外，方世傑也詳細描述了他所看到的「人」做了什麼、位在何處，以及他對

「那個人」的猜測。

聽見此話的柳阿一當下很是震驚，一來是最為鐵齒不信鬼神的方世傑居然有陰陽眼，二來是撞鬼他柳阿一也不是沒撞過，可是當時自己沒見著半點異樣，反倒只有方世傑一人看到，難道說陰陽眼的能力也是有高下之分？

那天沒能把這件事問清楚的柳阿一，今天第一個想探究竟的就是這件事。

方世傑久久未回話，最後嘆了口氣，像是難以啟齒的緩緩說出：「……實際上，打從我出生有記憶以來，就有你所謂的『陰陽眼』。」

「什麼？那你怎麼還能如此鐵齒不信邪！明明最清楚這世界有沒有鬼的人就是你啊！」柳阿一更是驚訝了，他不解方世傑這種自相矛盾的想法。

「那是因為我不想承認，也不想面對……我選擇忽視這一切。」

方世傑的口氣淡然，柳阿一聽來卻覺得帶點悲涼，直覺告訴他這背後有個不為人知的故事。

「為何要這麼做？是因為陰陽眼給你帶來困擾嗎？」

「與其說是困擾……不如說是造成了我的痛苦。」

方世傑十指交叉，放到自己的大腿之上，眉頭蹙了起來，這個話題似乎勾起了他不愉快且長期以來想壓抑的回憶。

「寫恐怖小說的你應該很耳熟這種故事……一個小孩因為能看到別人所看不到的景物，天真的把自己見到的畫面說出來後，自此被旁人當成怪胎一樣的存在。」

方世傑眼簾低垂，他的雙眸已陷入了過往灰暗的記憶之中。

柳阿一靜靜的聆聽著，不自覺的兩眉也皺在一塊。

「所以，後來這個小男孩就一直對自己這該死的能力閉口不談，小心翼翼的不表示出來，有時候甚至想著自己眼瞎了就好了，如此一來再也不會被人當成異類受到排擠，更不用活得如此辛苦……」

語調越說越低沉，大概是難得打開了平常上緊的枷鎖，方世傑沒有就此打住的念頭，又繼續說：「就這麼如履薄冰的活到了大學的年紀，那時候遇到的一件事，讓我更對這種能力深惡痛絕。」

說到這裡，方世傑下意識握緊了拳頭。

柳阿一注意到了，其實方世傑此時任何細微的反應表現他都看得一清二楚。

「當時我參加一個社團所舉辦的登山活動，在那裡認識了身為社長的趙煌學長，起初一切都還很正常，假裝自己是正常人的我也因為見到美麗山景而心情放鬆……沒想到，卻在這個時候再次看到有別於我們世界的『人』。」

「可是，就算見到了，你不還是可以當作沒看見一樣嗎？」柳阿一提問。

「我也很想和往常一樣選擇無視……只不過，我所見到的『那個人』，從登山第一天就緊跟著我們其中一位女社員。平常我看到的類型，都是沒有特定目標的幽幽飄盪，然而這傢伙卻一直跟著某位特定人選，我當下心知那絕不是什麼好徵兆。」

「等等，你該不會開口向那個女社員說了吧？」柳阿一詫異的問。

「……不，我並沒有明說，因為我知道不會有人相信，我也不願因此又被貼上標籤。所以，我只有勸她最好不要單獨行動或脫隊，沒有講明原因……然而，對方根本不把我的話當回事。」

柳阿一接口道：「於是……悲劇就這麼發生了，對吧？」

方世傑面露無奈，點了點頭答：「當晚，那名女社員意外跌落山谷，搶救無效……事後她的家屬到場，哭問為何沒有人多注意一下她，於是我做了件蠢事，就是向她的家人說我有事先提醒過她，但她不予理會。」

「結果家屬便質疑我為何會事先知道她會發生意外，而我又苦於無法向他們解釋，因此這次改而被貼上謀殺的標籤……真是諷刺呢。」

方世傑嘴角冷冷的扯了扯，發出一聲短促的笑。

至於站在對面的柳阿一，比起當事人卻是反應更大。他激動、忿忿的握緊雙拳，大吼道：「太過分了吧！因為如此就被貼上謀殺的標籤？這家人有沒有腦袋啊！你根本就沒有殺人的動機啊！」

「不，對死者的家人來說是有的，他們懷疑我這是情殺，因為那名死者曾跟我一度論及交往卻最後無疾而終，因此她的家人就咬定我是心懷恨意，進而預謀殺害。」方世傑否定了柳阿一的話，頭也跟著黯然的搖了搖。

「那時候，惹上這一身麻煩的我……是由於有當時雙修音樂和法律的趙煌幫忙，不僅介紹我好的律師，也陪我做足各種準備，才得以勝訴、還我清白。」

「但也是從那時起，阿大你就更鐵了心不願再面對自己的陰陽眼，甚至選擇無視所見到的異象……我說的沒錯吧。」柳阿一先行做下了結論，就他對方世傑個性的了解，無疑

是這麼一回事了。

也難怪方世傑很在乎趙煌的生死，畢竟以某方面來說，趙煌就他的救命恩人。

「多少年來我都是這麼做的，但這次……我深怕舊事重演，而且對象還是我過去的恩人，我認為有必要再深入調查，因此勾魂冊的事我也就信了。」

方世傑抬起頭來，目光直視著站在自己面前的柳阿一，問：「所以，你能夠協助我繼續追查下去嗎？雖然很不甘心，但目前我能想得到可以相信我、甚至幫忙我的人，也只有你這傢伙了……」

「阿大……」

被對方灼灼的眼神直視，尤其對方是平常再威嚴不過的方世傑，突然拉低身分向他請求，實在造成他內心很大的動搖。

不知是否是自己的錯覺，柳阿一似乎在面前這名男人的眼中，還看見了一份隱忍的無助感。

從來不曉得人前威風的方世傑居然有如此煩惱，以及這猶如戲劇一般跌宕起伏、不為人知的過去，柳阿一除了震驚外，還有更多的同情。即便方世傑沒有提出請求，他也想在這時候伸出自己的雙手、拉對方一把，一起解開所有謎題，好讓不幸遠離趙煌，讓方世傑的煩心消逝。

「你放心吧，我會繼續和你一起追查下去，我相信一切都會迎刃而解的，因為我們可是史上最強的鬼差編輯和枉死鬼，世界上所有的鬼看到我們都要敬畏三分啦！」

柳阿一伸出手來拍拍對方的肩膀，臉上掛著露齒的笑容。

這看在方世傑眼中，有那麼一瞬間讓他覺得，在這夜色即將到來的傍晚時分，眼前這名平常有些半調子、像個輕浮模特兒的男人，那張可以媲美朝陽的燦爛笑臉，是如此的和煦、溫暖，甚至有那麼一點可靠。

「……可以了，把你的手給我拿開。」

方世傑撥掉柳阿一按在自己肩膀上的手。

他才不會把自己的動搖表現出來，特別是在柳阿一這種人面前，不然以後可是會被當作把柄握在手中。

「好啦好啦，我知道阿大這是在害羞……對不起當我什麼都沒說！」一看到對方擺起臉色面對自己，柳阿一就立即縮了縮脖子不再吭聲。

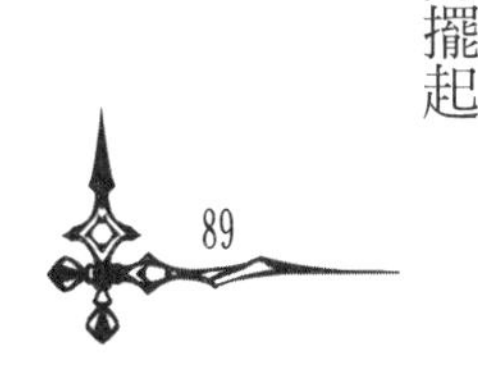

「那麼，接下來你打算怎麼做？」方世傑問。

「當然是重回案發現場——再去趙煌家一趟，說不定你還會再見到不該存在的『那個人』。」

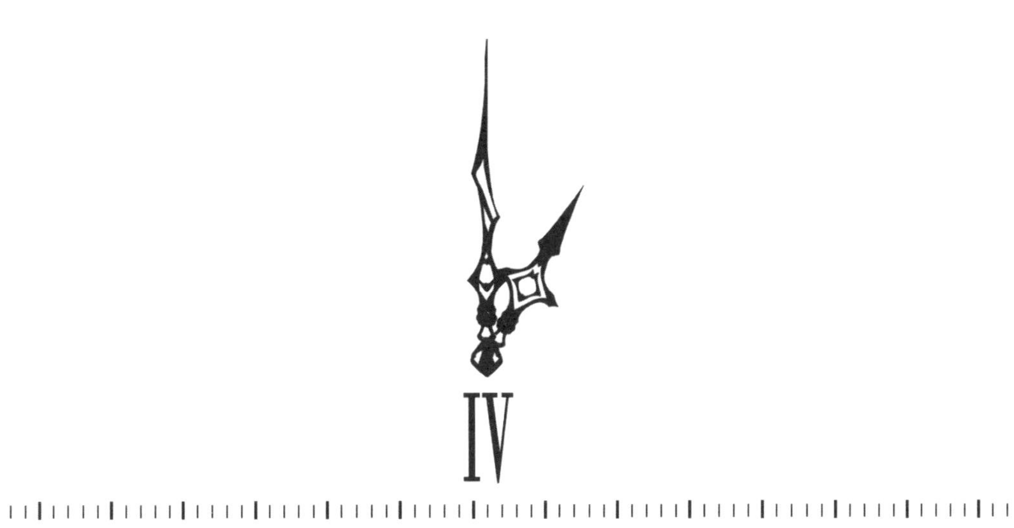

幸福，瞬間破滅

清晨的陽光灑入落地窗內，整夜未闔眼的紀梓晴坐在牛皮椅上發愣。她靜坐在椅上，抬頭呆望刷白的天花板，寬敞、裝潢奢侈的客廳，更突顯她的形影孤單。

她兩眼無神，心想趙煌何時才會回來。近來趙煌都很晚回家，甚至徹夜未歸，她越想越是發慌。

她實在無法想像……

倘若失去趙煌的日子該怎麼過。

「喀！」

一道開鎖聲，清脆冰冷的打破大廳內的寂靜，門扉被推開的同時，也見趙煌匆忙進入屋內。

「煌，你可終於回來了！」

一見著趙煌，紀梓晴便欣喜若狂的衝上前，一頭鑽入對方懷中。

「抱歉，我昨晚忙著跟導演接洽主題曲一事……噢，我今早十點還有演出，我是回來拿東西的。」趙煌推開懷中的人兒，連忙奔向二樓臥房。

「還真忙啊……」紀梓晴失落的嘀咕著，好不容易等到心愛的人回來，卻得不到片刻的兩人時間。

「叮咚！」

門鈴尖銳的聲音突地竄入紀梓晴耳中，她好奇的前去應門，猜想這個時候會有誰來。

門一打開，只見一名五官豔麗、有著一頭亮眼棕色長髮，身材修長、曲線誘人的女子站在門口；相形之下，脂粉未施又滿臉倦容的紀梓晴就顯得失色。

「請問妳是……？」紀梓晴疑惑的問道，在她的記憶中，似乎不曾見過這個人，而對方身上的衣服，不知為何看起來有些眼熟。

「妳好，我是趙先生的助理。我叫黃毓姿。麻煩請妳告知趙先生，請他動作快點，要趕不上表演了……」

女人勾起朱紅豐厚的唇，彎出一抹頗僵硬的弧度。

「梓晴，是我的助理找我嗎？」

聽到門鈴聲的趙煌，急忙的從二樓奔下。

「是啊！她叫你快一點呢！」

紀梓晴轉過頭看向趙煌，回給對方答覆。

「噢！那我得走了，再見！」

趙煌簡短的向紀梓晴道別後，便與助理匆忙走離她的視線。

「唉……」

喧鬧一時的客廳，又再度歸於沉靜，紀梓晴落寞的嘆息聲，道盡她心中再度興起的惆悵。

過了一會，為了轉換心情的紀梓晴著手整理家務時，短促嘹亮的門鈴又響。紀梓晴心中一陣欣喜，想著肯定是趙煌回來了，一個轉身加快腳步前去開門，只是門一開，原本的期待被莫大的失落感取而代之。

「紀小姐妳好，還記得我們嗎？今天我們是來找趙先生討論婚禮籌劃的事。」

柳阿一站在門前，對著開門的紀梓晴露出客氣的微笑，不過他發現對方好似不怎麼高興見著他，臉上都是赤裸裸的失望……

難道他長得這麼不討喜嗎？

同時，他還感覺到旁邊投射而來的冷視線……

可惡的阿大，居然對他拋以嘴角微挑的嘲笑，一副擺明寫著「原來號稱少女殺手的你也會踢到鐵板」的表情！

「不好意思……趙煌他今天不在家，前腳才剛離開……」紀梓晴別開目光，有氣無力的回答。

「噢，那也沒關係，直接聽取新娘的意見也不錯，收取雙方的想法才能辦得更好，讓兩位都能滿意！」

一聽到趙煌不在家，柳阿一趕緊換個說法，因為無論如何他都得讓方世傑再進入趙煌家，看看是否還能見到當初的「那個人」。

「我明白了……那麼，兩位請進吧。」

紀梓晴想了一會後，最終答應讓兩人進了屋子。

柳阿一一進入屋內，立刻朝方世傑使了個眼色，暗示紀梓晴這邊由他負責，方世傑就去執行此趟前來的任務。

眼看柳阿一將紀梓晴帶到一旁後，方世傑悄悄走近擺在客廳一隅的黑色鋼琴。

他觀望了一會，就目前看來，沒見著之前出現的「那個人」，然而不自覺的，方世傑的手伸了出去，想要觸摸那一整排黑白相間的冰冷琴鍵。

當指尖一觸及琴鍵，方世傑瞬間覺得有道莫名的電流竄進體內，像是在隔絕他的接觸。方世傑以為這是自己的錯覺，便出手再碰第二次，結果情況完全一致。

這臺鋼琴究竟是怎麼回事？

方世傑的腦海湧上這個念頭。

他納悶著是否只有自己被這臺鋼琴電著，不然如此明顯的痛覺，應該任何人都無法觸碰、甚至彈奏它。

方世傑納悶之際，身體忽地感受到一陣寒氣，抬頭一看，一張蒼白森然的臉孔赫然跳進眼簾。

……正是之前的「那個人」！

方世傑倒抽口氣，心裡一陣緊張又帶些引頸期待。這一次，他想要弄清楚對方出現在趙煌家中的原因。

只見「那個人」側著身子坐在擺在鋼琴前頭的椅子上，方世傑僅能見著對方的側臉，是張深邃立體的西方男性輪廓，頂著一頭褐色的微捲短髮，穿著一身拖地的白色長袍，上

頭卻沾染著大片的紅色痕跡……直覺告訴他，那是血跡。

方世傑再吸一口氣，讓自己的胸膛塞滿了氣體，藉以鼓起自己的勇氣。他提起腳來，戰戰兢兢走向「那個人」。

方世傑先回頭看了一下柳阿一和紀梓晴，確定後者二人應該沒有注意到他在做些什麼事，再面向坐在鋼琴前的「那個人」，小聲細語的問——

「……你是不是有什麼想說的？」

問題一丟出，眼前「那個人」緩緩舉起他的一隻手，伸出與臉色一樣蒼白的食指，面無表情的指著鋼琴。

方世傑乍看之下不明白對方的意思，可是「那個人」就這麼僵著不動，食指像箭頭一樣直直的指著前方，方世傑只得再仔細觀察，順著對方的指示看去，這時有了一個意外的答案。

指頭所指向之處，是一排鑲在鋼琴身上的英文字母——Elliot。

金黃色的字體有些斑駁，但還算能夠讓人清楚的認出來。這時，方世傑更加困惑了，他正想回頭再問，坐在椅上的「那個人」已然消失不見。

方世傑心想，看來是有這個必要查一查「Elliot」的背後含意了……

△▽ △▽ △▽ △▽ △▽

「為什麼是來你家討論？」

站在門口前的柳阿一，看著方世傑插入鑰匙、轉動門把。

剛離開趙煌家的柳阿一，下一站就是來到方世傑的住家，而非回到他溫暖的狗窩。

「你現在去路邊隨便抓十個人來問，給他們我家和你家的照片，你覺得他們會選哪一間？」

方世傑一手推開門，回頭冷冷的睨了柳阿一一眼。

「呃……我家？」

「那你抓來的人全是流浪漢吧，你家跟他們住的地方真是難以分辨呢。」

方世傑換上家中的室內拖鞋後，一邊將脫下的皮鞋工整的擺放在鞋櫃內，一邊嗤之以鼻的回應柳阿一。

「什麼嘛，把人家的家講得那麼不堪，之前阿大你不也是進到我家了嗎？難道說你也是街友？」柳阿一不甘心的噘起了嘴。

「那次是逼不得已，真該在你家門前貼個生人勿近的標籤。」

方世傑丟給對方另一雙室內拖鞋後，就轉身去做自己的事。

「嗚哇，被說成這樣我好受傷啊……」

柳阿一故作痛心的模樣、雙手揪在胸口前，不過另一方面他也真是服了方世傑，進到方世傑的居所後，環境幽靜整潔不說，到處都打理得一絲不苟——

沙發就是沙發，不像他亂堆雜誌或是放著還沒拿去送洗的衣服；書櫃就是書櫃，不像他亂塞雜物當成倉庫；地板就是地板，每個角落都閃閃發亮不會有奇怪的汙漬。

柳阿一不禁咋咋稱奇，只是他真難以想像，那位一臉嚴肅又高高在上的方世傑會像個家庭主婦般，一手拿著婆婆媽媽都說讚的清潔劑，另一手則拿著人人都說神的好拖把，頭戴三角巾，認真的投入在打掃居家環境中……

唔，還是別再想像的好，一陣哆嗦都起來了。

這時，柳阿一的注意力無意間被一張照片吸引住，目光因此停留在上頭，他的腳步也不禁朝擺放照片的方向走去。

照片被一個相當精緻的相框包住，並且擺在客廳中明顯的位置上，也就是電視機的上方。照片泛黃，似乎年代久遠；被拍攝的對象是一群人，看起來是一個家族合照，在幾乎都是東方面孔的人群中，只有一位坐在最中央位置的男性長者，擁有一張特別醒目的西方人容貌。

「你在看什麼？」

柳阿一還盯著這張照片時，後頭傳來了方世傑的問話。

「哦，這個，是你們的家族合照嗎？」柳阿一輕輕拿起相框，回過身去問向方世傑。

方世傑眉頭一皺，「有什麼問題嗎？」

「啊不，也沒什麼問題啦……只是沒想到你家族的成員中居然有外國人，真看不出來我們家的阿大是混血兒啊。」柳阿一撓撓後腦勺，又回過頭去看著照片，笑了笑。

「那是我的祖父，我有一部分的外國人血統你有意見嗎？」方世傑的視線像針一樣冷冷的刺向柳阿一。

「唉呦，哪敢有什麼意見嘛，我只是有點好奇，你這位洋人祖父是在做什麼的？看起來跟你的神韻倒有些相像，都是十分嚴肅的臉孔。」

從柳阿一手上拿過相框，方世傑將相框放回本來的位置後，雙手插在口袋裡，目光落在照片裡唯一的外國人臉上。

「我不清楚。我曾聽我母親說，他年輕至老年都很常出入教會，不過也沒聽說他是否為神職人員。」

似乎不想再深究下去，方世傑轉頭對柳阿一說：「與其在那邊研究我的祖父，還不如來查一下我路上跟你提的那個『Elliot』是什麼吧。」

他搬出一臺筆記型電腦，放到客廳的桌面上，指頭很快在搜索引擎上敲出「Elliot」。經過一串查找審核後，方世傑和柳阿一終於找到一個最有可能是他們所想要的答案。

「我想就是這個了。」方世傑一手握在滑鼠上，對著湊到臉旁的柳阿一道。

「Albert Elliot……你所見到的那一位就是他嗎？」柳阿一看了一眼網頁上的資料，又回過頭去問向方世傑。

「應該沒有錯，雖然我沒有見到『那個人』的正面，不過他的側臉跟這張肖像畫很像，剛好都是側臉的角度。」

方世傑指著螢幕上顯示的畫像，眼神認真且仔細的再一次查看。

「那真是太匪疑所思了!出生於十八世紀維也納的音樂家鬼魂，怎會出現在二十世紀的趙煌家中?」

柳阿一驚呼，他總覺得不管是時空也好還是地理位置上也罷，一個死了很久的西洋鬼跑到現代東方人家中，到底會有什麼理由?難不成現在鬼界也流行搞穿越嗎?

「會不會是……那臺鋼琴就是Albert Elliot生前的所有物?資料上顯示，這位Albert Elliot在當時是個演奏鋼琴出名的人物，而放在趙煌家中的那臺鋼琴上，還寫著Elliot的名字……說不定就是跟著那臺鋼琴去到趙煌家中的?」

方世傑托腮思考，這種情節似乎在他工作接觸到的驚悚小說裡很常出現，於是成了他對此疑問而推測的第一個答案。

「你的意思是說……那臺鋼琴是Albert Elliot的東西，搞不好還是他生前最愛的寶貝，而那臺鋼琴因為目前成了趙煌的所有物，這位獨占欲強大的主人決定要傷害趙煌嗎?」柳阿一問道，眉頭皺起，一臉認真的推斷。

方世傑搖了搖頭，「不，我想應該不是那麼一回事……就我看來，當時在趙煌家中見到的Albert Elliot……似乎沒有流露出怨恨的表情，反倒很絕望。」

「那麼……你想，會不會和Albert Elliot的離奇死亡有關？」

柳阿一從方世傑手中奪走滑鼠的主控權，將網頁往下拉，又有個新的標題映入方世傑眼中。

「知名鋼琴演奏家Albert Elliot自殺身亡！屍首被人發現藏在鋼琴之中！」

△▽　△▽　△▽　△▽　△▽

日夜交替，天幕又換上漆黑的夜空，在家中的紀梓晴獨自一人坐在椅上，雙眼空洞的看著電視螢幕，並時不時看一眼左側的掛鐘……

十一點了，趙煌還未回來。

她已經等得快不耐煩了，公寓門前一道又一道的腳步聲，不知已勾起她多少次的期待……和多少次的失望。

沮喪之下，肚子也越等越餓，她決定先關掉電視，走去附近的便利商店買些宵夜。

紀梓晴拎起錢包，步出門，往目的地走去。

燈火通明的便利商店旁，有間掛滿霓虹招牌的賓館，招牌上絢麗的五彩燈光吸引住紀梓晴的目光，她想多瞧霓虹之美幾眼，視線卻被兩道身影半途攔截。

不會錯的，眼中的那個人是——

「趙煌……？」

紀梓晴愣了愣，支支吾吾的吐出一個名字，她不敢置信的摀著嘴、瞪大雙眼……

因為在她眼前的兩人，正是趙煌和他的助理黃毓姿。

只見他們倆接觸親暱，女方依偎在趙煌肩上談笑，兩人還一同踏入賓館的大門。女方身穿的衣物同時更讓紀梓晴想起來，當時掛在家中、趙煌說是姐姐未拿走的外套，根本就是黃毓姿忘了帶走的衣服！

一時間混亂、錯愕的紀梓晴反身跑回家中，眼角的眼淚直迸出來，迎面的夜風將她痛心的淚痕吹斜。

她一回到家，用力的關上門，接著狼狽的跌坐在地，嚎啕大哭起來。

她簡直不敢相信——

自己最心愛的男人會背叛她！

她知道自己在外表上不如黃毓姿妖豔迷人……但她跟趙煌共同生活也好一陣子了，難道論及婚嫁的三年之情比不上對方？

難道從頭到尾只有她單方面投入感情？

不，不會的！

她要相信趙煌！

……說不定他是被人設計的？

沒錯……是這樣的沒錯！

一定是這樣！

她才沒那麼笨掉入圈套，去質疑他們倆之間的愛情！

紀梓情痴狂的長笑一聲，不斷這般反覆的告訴自己。最後她哭累了，就直接倒在地上睡去，在孤單又心碎的夜裡，只有深深沉沉的睡夢陪伴著自己。

△▽　△▽　△▽　△▽　△▽

隨著日夜的更迭，豔陽再次降臨大地，溫暖和煦的晨光射入窗扉，卻射不進紀梓晴的心房。

一夜又過去了，她等的人仍未回來。

她未梳理儀容，頭髮凌亂的糾結在一塊，惺忪痠痛的雙眼早已流盡了所有的淚水，她無力的癱坐在地上，兩眼痴呆的望著自家門口。

她還在等，還在等所思念的那人回來……

「沙沙。」

原是一片寂靜的門前，突然傳來陣陣的腳步聲，紀梓晴頓時精神為之一振，倏地似風般躍去，門鈴還未響前就已欣喜萬分的打開門。

「煌，你回來了……！」

紀梓晴打住了話，神情也隨之頹喪下來。

門前之人，並非她朝思暮想的趙煌，而是昨晚才見到的趙煌的助理黃毓姿。

「妳來幹什麼？我不想見妳……」

紀梓晴欲關門之際，對方大聲叫道：「紀小姐！請妳聽我說好嗎？我是專程來向妳道歉的！我……我已受不了良心的苛責……所以，想向妳坦承一切、求妳原諒！」

「哈，求我原諒？妳有什麼需要我原諒的？」紀梓晴冷笑一聲，雙手環胸、冷眼看著對方。

「老實說……我跟趙煌私下交往有一個月了……我承認我錯了！我明知趙煌已有了妳，甚至你們已經論及婚嫁，我卻還跟他在一起……」

黃毓姿低著頭、略皺眉，兩眼不安的只敢把視線逗留在地上。

其實一開始她就知道了，知道趙煌早有女友一事，可是由於趙煌太過迷人，聲勢名望又如此的高……一時迷失之下，她便和趙煌過著危險卻激情的生活。

但每當她想到紀梓晴時，心中的良知便會責備自己，如坐針氈的扎痛她的心。隨著時間累積下來，她的心彷彿被扎出一個大洞，怎麼補也補不平，再也無法忍受之時，她才選擇要坦承真相。

「哈、哈哈……妳在騙我是不是？我知道妳一定是想騙我離開煌，是妳設計讓煌誤入妳的圈套對吧？因為煌是不可能背叛我的！」

紀梓晴冷笑幾聲，便直指著黃毓姿痛罵一番，和她平時溫婉的形象相差甚遠。

煌是不可能背叛她的！

因為他們倆是如此相愛！

甚至昨晚煌會跟這狐狸精共進賓館，一定也是有什麼逼不得已的原因！

「不、不是的！我很不願告訴妳這件事……趙煌說……他會接近妳、和妳在一起……完全是為了妳的錢和家世。」

黃毓姿極力否定，同時道出殘酷的真相。

「妳說……什麼？妳又再騙我對不對？」

紀梓晴驚愕的倒退數步，雙眸不敢置信的直瞪對方，在那一瞬間，她的靈魂好似被抽空般，心跳彷彿也停止。

一切，好像都停住了一般。

「紀小姐……」

「走開！我不要聽！我不要聽！我不會原諒妳的！」

紀梓晴硬是關起門，將一道道的鎖鎖上。然後，她緊掩雙耳，著魔似的朝天狂叫，瘋狂的叫吼之後，緊接的是零零落落、斷斷續續的大笑，而乾澀泛紅的眼眶卻已流不出一滴眼淚。

她搖搖晃晃的走向音響、打開電源，傳來的樂曲正是《給最愛的妳》。

她再度引頸狂笑，接著垂下頭來喃喃自語：「諷刺啊……多麼諷刺啊……給最愛的妳……嗎？」

紀梓晴扯了扯嘴角，熟悉的音符此刻化作利針，聲聲刺進她的心臟之中，胸口無可名狀的痛著。她拖著沉重的腳步，來到總在客廳陰暗一角的鋼琴前，這是她當初送給趙煌的禮物。

雙手舉起，指尖懸空，預備彈奏的姿態，紀梓晴倒抽口氣，接著重重的敲擊下去，十指沒有規則且失序的瘋狂彈奏，在躁動如狂風暴雨的震耳琴聲之中，她將所有的憤怒、難過和失望都宣洩在這陣可怕的旋律之中。

「咚！」

紀梓晴的上半身重重傾倒在琴身之上，她雙手垂放而下，像長長的枯藤蔓，無力又沒有半點生氣，她側臉貼著冰冷的琴面，嘶啞的道：「既然你留不住我的愛……讓你發出美妙的琴音又有何用？」

語畢，她緩緩爬了起來，走到走道旁拿起一把鐵鎚。

「所以……我要你消失……和我的愛一起消失吧！」

雙手高舉起鐵鎚的紀梓晴，毫不猶豫的用力揮下。

「嗚！」

響起的並非鋼琴被砸聲，取而代之是紀梓晴的哀號，因為就在她揮鎚而下的瞬間，她的身體被無形的力量反彈回去，背脊狠狠撞上旁邊的牆壁，當她痛得匍匐在地時，她看見自己的前方有一雙鞋子，不曾見過的男性皮鞋。

紀梓晴緩緩的撐起身子抬頭一看，映入眼簾的是一名身材修長、容貌俊美卻毫無血色且陰森的男子。

紀梓晴想起來了，這個人——她和他有過一面之緣。

「我是不可能讓妳破壞有利用價值的收藏品呢。」

紀梓晴眼中那有著一頭烏溜長髮的男人，紅潤到幾乎快淌出血來的雙脣微微一笑。

她看著對方抬起腳步，優雅走向跌坐在地上的自己。

「吶，紀梓晴小姐——」穿著一身黑色神父袍的男人，俯看面色猙獰的紀梓晴，雙手插在口袋之中。「妳已違背了我們之間的約定……該拿妳怎麼辦呢？」

男人臉上仍是一抹始終未變的淡淡笑容。

瞳孔微微收縮、害怕的仰望面前不速之客的紀梓晴卻不知道，在她本來要摧毀的鋼琴旁……

站著另一名表情森然的白袍男子。

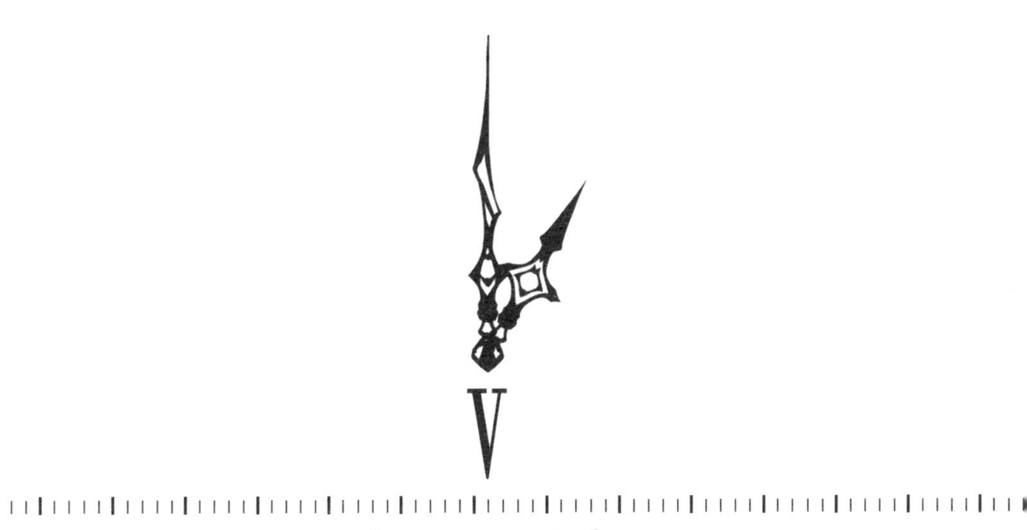

給最愛的，你

太陽初升，雲彩被染成一片血紅，走在這條街上的人們影子都被拉長，像不懷好意的跟蹤者尾隨在後；迎面襲來的熱風，好似一把鋒利的刀面，一刀又一刀劃過人們的面容。每逢上課時間都會人群壅塞的這條街上，今天卻格外空出一塊地，在警戒線中保持著最獨有的沉默。

就在這棟大樓的廣場前，平躺著一名雙眼瞪大的長髮女子，兩眼似乎含著深深的怨恨。她獨享這一塊地的寧靜，沒有任何人能干擾到她，除了身穿制服的警察們忙著採集現場指紋與證據外，她今天再也無須和其他人有所交集或煩心、或苦悶。

只是，她同樣再也聽不見，自己家中正播放的樂曲。

大樓樓上的某間充滿警察的住戶屋內，音響重複的輸出一首輕柔卻悲傷的鋼琴曲，彷彿是在哀悼主人的逝去，整個空間都籠罩著一抹讓人胸口鬱悶的氛圍。

身為現場總指揮的孫景禮警官，先是忙著對他的部屬下令，一會又得接起手機通話。

讓他出現在此與如此忙碌的原因無他，就是為了眼前這一起墜樓案件。

一名年約二十五、六歲的女子墜樓而亡，死者似乎還是頗具知名的人物，為了不讓媒體太快出動干擾到他們辦案，孫景禮為此還費了不少苦心去阻擋。

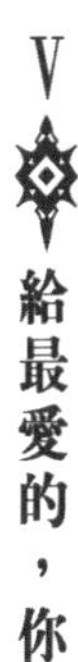

不過現在最重要的，應該是儘快釐清究竟是自殺或他殺。孫景禮暫且不敢妄下定論，保險起見，還是讓鑑識組將數據拿到他面前再決定。

孫景禮佇立在忙進忙出的人群中，神情相當凝重。他皺著濃眉，眉心好似一道深壑，環看過屋內的擺設裝潢、各種居家用品後，經過歲月洗練的雙眸中映出一道靈光。

從死者的起居用品和住家環境來看，對方的物質生活不餘匱乏，甚至可以稱得上是頗為優渥的狀況，尤其是那臺散發一種特殊氣息的鋼琴，他想應該不是普通的學琴者買得起的，就現場看來也未見任何可能顯示她負債的跡象，若不是為了錢而亡命……

那很可能就是感情因素。

孫景禮拿起擺在客廳電視機上的一個相框，若有所思的注視著，映入眼簾的人物有一男一女，其中一名是死者，另一名的身分他也一眼認出，就是近來電視新聞常報導的那位鋼琴家。

「孫警官，我們在死者的房裡有新發現，請您來看一下。」

一名警察打斷了孫景禮的思緒，孫景禮朝他點了點頭後就快步跟過去，才一踏進死者的寢室，就被空氣中瀰漫的鐵鏽味先震撼教育一頓。

他知道那是什麼，是血的味道，而且還不是少量的血。

「這裡，孫警官。」

在部屬的引導下，孫景禮站到早在警方進來前就已被拉開落地窗的陽臺上，親眼見著一幕讓人毛骨悚然的畫面——

一排顏色濃郁鮮明的血書寫著：你是我的。

孫景禮直直盯著一般人不忍再看的血字，托起下巴，深思這言簡意賅的四字背後的意義。他認為，這排血書將此案更集中在感情糾紛上，只是不絕於耳的鋼琴樂聲似乎也告訴他，事情沒有他想像的簡單。

「究竟，死者與鋼琴曲之間的關係為何……又想訴說些什麼呢……」

在孫景禮凝望的眼神中，暫且沒有個答案。

他走上陽臺，此處是目前推測應為死者墜樓的地點。他將半個身子伸出欄杆之外，迎著正面吹來的風，眺望底下已被蓋上白布的屍體。

每一具墜樓身亡的屍體都使人印象深刻，像深深鑿刻在腦袋裡，只要見上一眼就忘不掉那怵目驚心的畫面，對有些剛入行的菜鳥來說，甚至好幾天都無法忘卻、成了揮之不去

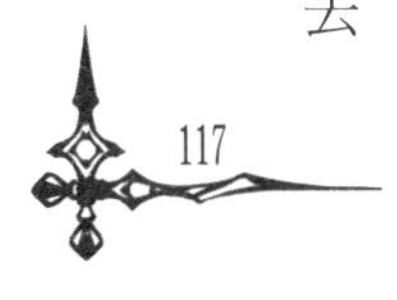

的夢魘，恐怖程度只有泡過水的屍體能相比。

因此，即使現在屍體被白布覆蓋，孫景禮也能夠透過腦海的重播，看到白布之下的人大概是什麼模樣。

那只能用一個詞來形容：慘不忍睹。

她的頭顱已經破裂，濺出腦漿，頭髮上沾滿紅白相混的液體；浮上青紫色屍斑的臉孔，變得十分駭人，纖細的身體嚴重變形，雙腿骨頭外凸……教人不敢再看第二眼。

然而，來自死者住家裡的柔美鋼琴聲，繼續像魔咒一樣反覆彈奏，好似以另一種聲音在回應那排驚悚的血書，訴說著：我是你的。

孫景禮鎖眉深思之際，後頭傳來另一名警察的聲音。

「孫警官，死者的未婚夫收到通知來到現場了。」

「好，我現在就去見他。」

孫景禮點頭回應後，再次抬起腳步回到屋內。

這個時候，趙煌佇立在自家客廳中，神情相當凝重。他皺著濃眉，兩道眉之間已聚起一道深壑。

紀梓晴跳樓身亡了！

這件突發的大事，一時之間讓他不知所措，他根本就不知道為何紀梓晴會突然自殺，他現在的思緒被攪亂了，變得混亂不安和惶恐。

趙煌注意到一名警官正走向自己，應當是這個現場的負責人吧，對方是個上了年紀、外表沉穩的中年男子，經過一番交談後得知那人名叫孫景禮。

「趙先生，你在死者生前是否和她有過爭執？」孫景禮手持紀錄本，雙眸嚴肅的注視著他。

「完全沒有……」趙煌搖搖頭，簡短的回應。

「那你知道……」孫景禮轉身掉頭，快步走向剛剛才去過的陽臺，趙煌則跟在他的步伐後。

站到定點後，孫景禮用低沉嚴謹的嗓音詢問趙煌：「這些字代表什麼意思嗎？」

孫景禮手指著地上，趙煌的視線順著看過去，猛然的，幾個驚悚的血字直撲眼簾——

你是我的

「我、我什麼都不知道！」

驚慌的趙煌猛抓頭皮，黑褐色的髮絲糾結在一起。

拜託，別再問他了，他真的什麼都不知道！

他才是想弄個明白的那個人啊！

「是嗎……那麼，你想看死者最後一面嗎？」孫景禮將紀錄本闔上、夾在腋下，正色問道。

趙煌沉重的點點頭，接著跟隨對方下了樓，來到紀梓晴陳屍的位置。他走到蓋著白布的遺體前，伸出抖顫的手，慢慢掀開覆蓋在上頭的白布……

在看到白布下的面孔後，趙煌嚇得倒抽一口氣，身體下意識的往後躲去，因為他眼前的紀梓晴，已是一具慘不忍睹的屍體。

△▽　△▽　△▽　△▽　△▽

人聲、電話聲，以及影印機印刷聲交雜在空中，此起彼落，忙碌的蚩壬出版社編輯部上演著日復一日、一如既往的工作生活，編輯們收稿、催稿、討論企畫，不幸一點的編輯則跑去印刷廠下跪，以免面臨開天窗的可悲。

不過，這種事絕不會發生在素有「鬼差編輯」之稱的方世傑身上。

坐在辦公桌前的他和平常一樣，盯著電腦螢幕做排版的工作，這時擺在一旁的手機突然激烈的震動起來，他皺起眉頭，心想怎會有人膽敢在他上班時間打電話來？

看了一下來電顯示，上頭的名稱讓方世傑一瞬間有了不祥預感。

「趙煌學長？你找我？」

方世傑接聽手機後，就起身走到較無人的角落進行通話。

「小方，婚禮籌辦的事取消了……」

「取消？等等，發生什麼事了嗎？」聽見手機另一頭低迷又沙啞的聲音，方世傑心底更加不安。

「梓晴她……她今天早上墜樓身亡了……」

「你說什麼？紀小姐她……！」

聽聞噩耗的當下，心臟重重的漏了一拍，方世傑不敢置信的睜大雙眼，他甚至懷疑自

己是不是聽錯了……

他從接起手機那瞬間的不祥預感果然發生！稍微回神後，方世傑盡可能的安慰趙煌，但對方似乎一點也聽不進去，最後索性斷然結束與方世傑的通話。

方世傑怔在原地，心臟仍快速的怦怦跳著，腦海中第一個念頭就是趕快聯絡上另一個婚禮籌辦的同伴——柳阿一。

他趕緊撥打柳阿一的手機號碼，沒想到柳阿一表示自己正好要打給他。各有各的話要說，於是方世傑為此難得請了半天假，提前回到自己家中，和約好的柳阿一進行討論。

「紀梓晴墜樓身亡……警方的推斷是自殺嗎？」

進屋之後，從方世傑那邊聽到了這個不幸的消息，坐在沙發上的柳阿一表情凝重的詢問。

方世傑淡淡的搖了搖頭，「不清楚……趙煌沒跟我說太多，他聽上去似乎也很受打擊……」

「那是一定的吧，自己的未婚妻突然身亡，身為未婚夫的他肯定很不能接受啊。只是……就我看來，這似乎又應證了勾魂冊的預言。其實我剛才打電話給你，也是為了跟你提勾魂冊的事。」

柳阿一邊說邊從自己的背包中取出勾魂冊，那本無論何時看上去都散發一股不祥之氣的青綠色冊子。

「實際上，這幾天我比較疏忽，未能時常查看勾魂冊，但今天早上一看發現不得了，新的敘述好像早已出現而我卻沒發現……要是我早點看到就好了，也許就能阻止這場悲劇的發生……」

柳阿一越說越自責，他翻開手中的勾魂冊，好讓方世傑一看究竟。

「人類之所以自覺幸福，是因為他們的愚昧與無知，感情的漩渦越迷離越安全，但當謊言被戳破的時候，我可憐的羔羊啊，破碎的心，就再也回不去那完整如初的模樣。」

「別哭，我所選中的可憐羔羊，讓我來成全妳，讓我來撫慰妳，讓溫暖的紅色大海，隨著妳那柔軟的身軀從高空傾洩而下——永遠包圍著不願寂寞的妳……」

方世傑看著勾魂冊泛黃的內頁，照本宣科讀了一遍。身為小說編輯的他具有一定的文字敏銳度，幾乎不用多想就立即將這段敘述應證到紀梓晴身上，特別是「從高空傾洩而下」這句，明顯道出了紀梓晴墜樓身亡的情況。

「看來，趙煌或紀梓晴其中一人必定和勾魂冊的主人做了交易，然後由於觸犯了禁忌或破壞了約定，懲罰因此上了門吧……」

柳阿一食指抵在嘴脣上，喃喃自語，後來他意識到方世傑不懂關於觸犯禁忌的這件事，又花了一點時間向對方解釋說明。

大概了解原委的方世傑說：「除了不知道誰才是進行交易的人外，我們也不清楚進行交易的人究竟求了什麼吧？」

「目前看來的確如此……不過，這幾天我都在思考一件事，那就是你的趙煌學長似乎和我們之前談到的那位『Elliot』……都有很相似的人生經歷。」

柳阿一想起了方世傑在趙煌家中見著的「那個人」，正確來說是一名十八世紀的鋼琴家幽魂。

柳阿一這陣子會忽略勾魂冊的原因也出於此，他埋頭鑽研這人的身世背景，發現

Elliot不僅是以離奇的死亡收場，他一整個人生也與趙煌極為相似。

柳阿一從查詢到的資料裡得知，Elliot原本是一個沒沒無聞的鋼琴演奏家，在成名之前有過非常潦倒低潮的歲月。據說早年的他琴藝並不夠出色，但是就在一個時間點上，這位十八世紀的鋼琴家突然進步神速，每一場表演都出色得讓人刮目相看，也因此聲名大噪起來。

不只是柳阿一認為Elliot與趙煌的經歷很像，現在就連方世傑也認為趙煌簡直是Elliot人生際遇的翻版。

柳阿一又說，同為名氣響亮的鋼琴演奏家，Elliot也時常被當時的世人採訪，其中有人問他究竟是如何辦到的，Elliot的回答讓柳阿一覺得耐人尋味。

「阿大，你知道Elliot如何回答自己成功的秘訣嗎？」

柳阿一眼神曖昧的看向方世傑，「他的答案——就是現在擺在趙煌家中的那臺鋼琴！他說，他能得到這一臺與自己如此契合的鋼琴很不容易，他認為自己得到了每個鋼琴演奏家夢寐以求的靈魂伴侶。」

「而這還得特別感謝他的妻子，若不是他的妻子將這臺鋼琴送給了自己，也許今生還

無法突破困擾已久的瓶頸。」

柳阿一話音落下，方世傑的面色更顯凝重了，將趙煌與Elliot兩者對照，竟是如此神似，越想越讓人不寒而慄。

「可是後來，Elliot卻死於自殺……據說他拿剃刀割破自己的喉嚨，臥倒在他聲稱最心愛的靈魂伴侶……也就是那臺鋼琴身上，至今沒人理解他選擇自刎的背後原因。不過，有人推測他的死，似乎和先一步自殺的妻子有關……聽到這裡，不覺得這一切的一切都和趙家的情況相當雷同嗎？」柳阿一反問方世傑。

方世傑卻另有想法，話鋒一轉便道：「如果說，Elliot和他妻子的死套用在勾魂冊模式上，那麼和勾魂冊主人交易的對象，其實就是他的妻子吧？因為是他的妻子將這臺鋼琴贈送於他，鋼琴就是交易換來的產物，然而卻違反了某種規定，妻子先得到了勾魂冊主人的懲罰，至於Elliot則很可能是想不開而選擇踏上這條不歸路……」

「假設阿大你的推論都為真，那麼拿來對照在趙家的情況……紀梓晴就是交易之人，因為違反規定而遭受懲罰——導致墜樓身亡！」柳阿一理解了方世傑的推測，做出強而有力的結論。

「雖然不知道紀梓情究竟違背了何種條件……但交易對象已得到懲罰，整起事件應該就此告一段落，不過……為什麼我仍覺得事情還未真正結束呢？」

一手托著下巴，眉頭和方世傑一樣都糾結在一塊的柳阿一，內心依舊不踏實。

雙方都陷入膠著的沉默之際，擺在桌面上的勾魂冊，卻當著柳阿一和方世傑的面發出詭譎的青光，轉瞬即逝。

從未見過這種畫面的方世傑身體一震，瞳孔微微收縮；反倒是柳阿一，立即拿起勾魂冊翻開一看，映入眼簾的全新敘述是……

△▽ △▽ △▽ △▽ △▽

三更時分，窗前殘月高掛夜空，披著月色的趙煌步伐蹣跚的走入屋內。原本的居所成了命案現場，他只好暫居在黃毓姿的家。

他的腦海到目前為止仍是一片混亂，翻騰的思緒無法弭平……

滿腦子都是紀梓晴悽慘的遺容。

真的不知道好端端的一個人，怎麼會突然興起自殺的念頭？紀梓晴一死，等於斷了他主要的金錢來源，更可能替他引來媒體負面的猜測，事情發生得如此突然，他一時間根本毫無招架之力啊！

「趙煌……是你嗎？」

在臥室聽到客廳傳來的腳步聲，黃毓姿從梳妝臺的椅子上起身，離開寢室走向客廳裡的趙煌。她面帶歉意，神色不安的看著趙煌。

一見到對方神情不對勁，趙煌立刻一臉凝重的開口問道：「妳說……妳是不是做了些什麼？」

看見趙煌審問般的眼神，黃毓姿膽怯的答：「我……我……我昨天早上……有去找紀梓晴小姐……」

話尚未說完，就見趙煌朝她怒吼。

「妳去找她告訴我們的關係對不對？哼，原來就是妳啊！我原本還想不透她為何會自殺！妳知不知道？這給我帶來多大的困擾！」

「我、我沒想到會這樣啊！我會去找她坦承……是因為我再也受不了良心的苛責！我才想問你知不知道，每當我聽到、看到、想到紀梓晴……我的內心就會像火燒過一般難受不已！一樣都是女人，我知道那種被心愛的男人背叛、欺騙的感覺！說真的，我現在好後悔跟你交往！」

黃毓姿揪著胸口，越講越激動。

「妳……好！既然如此，我們分手算了！」趙煌氣紅了臉，丟出爆炸性的宣言。

「分手就分手！你……你現在就給我滾出去！這裡是我家！」

「誰希罕啊！」

氣話一出，趙煌便憤怒的轉身，離開黃毓姿的家，身影徹底消失在這間房子主人的眼中。

爭吵過後，黃毓姿全身的力氣像被抽光、倦累不已，她決定上樓梳洗，然後趕快上床入睡。

她拖著沉重的腳步踏上二樓階梯，雙手則一邊解開外衣的鈕釦，進到浴室後，她轉開水龍頭，嘩啦嘩啦的熱水不停流出，蒸騰的白色水氣瀰漫在空氣中。在浴缸中的水滿到一半後，她關掉水龍頭，準備要好好泡澡一番、紓解疲累。

但就在此刻，她聽見浴室外頭傳來陣陣鋼琴聲。

她心覺納悶，三更半夜會有人在彈琴嗎？

而且這首鋼琴曲……好像在哪裡聽過。

「算了，別理它。」

就在她想繼續泡澡之際，水龍頭竟自動打開、流出紅色的熱水！

「這、這是怎麼一回事！」

她驚嚇不已，急忙伸出手要關掉水龍頭，然而無論如何就是關不掉。

最後整個浴缸溢滿了紅水，空氣中不斷蒸騰著血紅色的熱氣，她越吸越昏，她知道必須快點離開浴室！

但當她衝至浴室拉門前，門卻推不開，她心急如焚的猛推著門，情緒十分的緊繃和惶恐，而整間浴室都被紅色熱氣占據，讓她快要窒息，她赤裸的肌膚也越來越紅，逐漸要與空氣中的紅色熱氣一樣了。

「開門啊……拜託開開門……」

意識漸漸被吞噬的黃毓姿，努力在做最後的掙扎。

至於她身後那溢出浴缸的紅色液體，正慢慢流向她的腳後跟……

△▽　△▽　△▽　△▽　△▽

黑夜之下，趙煌不悅的走在無人大道上，他看看手錶，目前是半夜三點多，累了一整天，還得被臭女人轟出門……一氣之下，他竟忘了帶錢包和車鑰匙出來，就算現在要找家旅館歇息，根本辦不到。

無計可施下，他只好先硬著頭皮回去，拿了東西再走。

他繞著原路回去，站在黃毓姿的家門前，躊躇了一會才鼓起勇氣大叫：「喂！黃毓姿妳在家吧？我回來拿東西！」

話脫口後，趙煌得到的是一片沉靜。

不耐煩的趙煌怒皺橫眉，罵了一聲「該死」，左腳也生氣的向門一踹。

這麼一踹之下，他才赫然發覺門沒上鎖，便冷笑了一聲，心想這女人真沒危機意識。

他推開門走入客廳，廳內毫無人影，只有吹進窗口的風低吟著。那道風襲上了他，令他頓時感到一陣陰寒。

明明是仲夏之夜，為何風會如此冷冽？

趙煌爬上樓，欲去臥房拿回他的東西，然而在經過浴室時，一幕景象使他錯愕的停下了腳步……

昏暗的廊道上，只有浴室亮著暗紅的燈光，仔細一看，浴室內還傳來嘩啦嘩啦的水流聲，半透明的浴室拉門上貼著一隻手。

「黃毓姿？」趙煌上前敲門問道，同時一股不安正在他心中滋長。在對方遲遲沒有回應下，他開始心急了。

有種莫名強烈的不祥預感。

「黃毓姿？黃毓姿！我現在要進去了喔！」

朝浴室門大叫一聲後，趙煌便使力的將門拉開。

「啪！」

在他拉開門的一剎那，一隻血紅的手就攤在他腳上！

趙煌被嚇得往後跳去，身體發軟倚在牆上，他的大腦彷彿在那瞬間停擺，完全無法接受眼前這個畫面。

黃毓姿臥倒在一灘紅水中，通紅的臉側貼在地面上，她的眼瞳瞪大，慘白的豐脣張開、吐出舌頭，一頭棕髮凌亂不堪，布滿斗大的汗珠。

她整身赤裸，皮膚呈現駭人的鮮紅，血管全浮在皮層上；再將視線往下探，畫面變得更加驚悚噁心……她的腹部不知被何物剖開，裡頭的臟器及腸子掉了出來……

染血的腸子，一節一節的斷裂。

趙煌嚇得不知所措，怎麼叫也叫不出聲，他就這樣愣了十幾分鐘，身子不停的發抖，但偏偏在這時，他腦海不自覺的響起……

那首《給最愛的妳》。

神秘的黑盒子

即使是史上最忙最凶惡的鬼差編輯也得休假。

只是近來的假期，方世傑發現一件很要不得的事，那就是他的週休二日都和拖稿王柳阿一混在一塊。

究竟是從什麼時候開始這種悲哀的假日生活？

方世傑倒還滿清楚原因的，都是為了替趙煌籌辦婚禮的關係，結果莫名其妙衍生出許許多多靈異現象，還遇上準新娘墜樓身亡的駭人事件。

所以，方世傑認定了一件事。

「柳阿一，你真的很帶衰。」

「哈啊？」

柳阿一被坐在對面的方世傑冷冷一瞥，突如其來的發言讓他一臉錯愕。

「等等，怎會突然說到這裡來啊？」

他得要問個清楚，可不能就這麼平白無故被說帶衰啊！

他才不覺得自己帶衰，要是因此真成了帶衰屬性星人該怎麼辦？枉死城的生活已經很難過了耶！

「因為你把我牽扯進勾魂冊的事件中，將我過去將近三十年來的觀點攪得一團亂。還有，我算了算，我居然連續三個禮拜的週休都和你這傢伙待在一起，真是不可理喻！」方世傑伸出手來，毫不客氣的指著柳阿一的鼻頭，眼神充滿了鄙視。

「喂喂，你以為我願意和鬼差泡在一起啊？我的海灘假日美女！我的花天酒地夜生活！全都因為和你處理趙煌的事而泡湯耶！」

柳阿一語氣激動的反彈回去，難道他願意和一個快步入中年的男人相處一整天嗎？不過話說回來……自從他神隱歸來就好像沒有過上男女的情愛生活了？

怎麼會這樣！

這怎麼可以這樣！

他柳阿一居然能夠沒有雌性費洛蒙滋養而活了這麼久！

柳阿一抱著頭，蜷縮起身子在沙發上滾來滾去，這一幕被方世傑看在眼底後，這次是起身站到柳阿一身旁，直接用下巴鄙視他。

「誰准你用骯髒的身軀在我家沙發上打滾了？快給我滾下來！」

言語攻擊之外，方世傑索性還抬起他的長腿，毫不猶豫就往柳阿一的後背踹去。

「痛……！阿大！你怎麼可以這樣對待一個傷心崩潰的人啊！」

想當然柳阿一被踹下了沙發，一屁股著地，用哀怨小媳婦的眼神，可憐兮兮的望著方世傑。

「傷心崩潰你個頭！要崩潰不要連帶我的沙發跟你崩潰！」

方世傑一點也不憐憫的將對方從地板上拎起，一手揪著柳阿一的領子大吼，儼然就像黑道大哥在威脅小弟一樣，只是對象換成了責任編輯與旗下作家。

不過，方世傑回頭一想，是說這傢伙到底出現在他家做什麼？

……好像是來討論要不要將勾魂冊的事告訴趙煌的吧？

「喂，柳阿一。」

方世傑頓時鬆開柳阿一的領子，雙手抱胸，繼續用他向來高高在上的俯瞰角度看著柳阿一，問道：「你認為我們若將勾魂冊一併帶到趙煌面前，跟他說『你的未婚妻之死與這有關，但你的災厄還尚未結束』……你認為對方相信的機率會有多少？」

「你問我，我問誰啊……只要是腦袋沒被外星人抓去改造過的，九成九都不會相信吧。」

啊，這麼說來好像有一個人例外，那個目前仍在國外度假的殷宇……不，他不算在列！柳阿一鄭重認為這傢伙根本就是個外星人，無須改造了。

方世傑將早已放到桌上的勾魂冊打開來，再看一次前陣子新增的內容——

琴聲悠揚卻斷腸，逝者不再遠行，在我將她收回之前，好好上演一場精采的戲碼，點燃復仇的業火，照亮那背叛的男男女女臉孔吧！

閱畢，即使已非第一次見著，方世傑仍覺得頸子會竄上一股寒顫，畢竟到目前為止勾魂冊的預言全都一一實現了。可再怎麼說，他都不希望自己曾經的恩人遭逢意外。

除此之外他還很在意一點，文中提到的「背叛」……

難道暗指趙煌做了對不起紀梓晴的事嗎？

不，還是先別胡亂猜測，眼前最重要的就是趙煌的安危！

方世傑因此打消了繼續探究的念頭，再次確認道：「我仍認為有必要告知趙煌一下……勾魂冊的新敘述，你我不都認為這次矛頭轉向他了嗎？」

「如果你認為對方會聽進去，那就去跟他說吧，但我不認為這會有什麼改變。與其苦口婆心勸他相信，倒不如乾脆把人綁到我們視線範圍內守著……」柳阿一聳了聳肩膀、不以為然的回應方世傑。

這世上可不是每個人都和殷宇一樣，是個嚴重的怪力亂神控。

「總之，先跟他談談再說吧。」

方世傑轉身拿起電話，撥打出去。等待接聽的過程中，他心情沉重，好似有什麼東西罩在他的胸口上，難以透氣。

即使如此他還是希望，他所有的不安都不會實現……

然而，方世傑不知道，這卻是一個渺茫又稀微的願望。

△▽ △▽ △▽ △▽ △▽

「砰！」

正值午夜，趙煌左右搖晃的撞到家門上。

他全身滿是菸酒嗆鼻的味道，原本清爽俊朗的面容也長滿鬍渣。此時，他醉眼朦朧、衣衫不整，摸索了半天才從口袋中找出鑰匙，渾渾噩噩的打開門，一進門就將手上的鑰匙

亂丟。

這幾天發生在他周遭的命案，快將他逼到崩潰：紀梓晴跳樓自殺、黃毓姿被判定是一氧化碳中毒……

他現在什麼動力也沒有，只想藉酒消愁、麻痺神經。

而他好不容易租到新房子、搬了家，想要逃離原本的生活重新振作，卻接到方世傑的來電，跟他說紀梓晴的死與一本名叫「勾魂冊」的書有關，對方更嚴肅且擔憂的說下一個目標似乎就是他。

哈，開什麼玩笑……？

想跟他說這一切都是超乎常理的事件嗎？

最後連他也要一起被拉入這非日常的漩渦中、難逃一死嗎？

「噁——煩哪！」

趙煌作嘔一聲，身體癱軟似的跪倒在地，如嬰兒般緩慢爬行。

他狼狽的爬上二樓階梯，梯上滿布的塵埃沾滿四肢，他一邊爬一邊作嘔，整個空間很快就瀰漫著酒臭味。

就在他爬到二樓準備回房倒頭就睡之餘，卻隱隱約約聽到了鋼琴聲，琴聲從三樓往下蔓延，使他有想再往上爬的念頭。

「是誰……是誰在彈奏我的鋼琴……是誰……噁！」

趙煌口齒不清的低聲問著。他好似病危年老的人，全身僵硬無力，但仍一階一階吃力的爬上去，最後終於來到三樓。

「是誰在彈我的鋼琴……是誰……求你快住手……因為我……我不想再聽《給最愛的妳》了！」

趙煌受不了的緊摀雙耳，精神錯亂的大叫。

每當聽到這首歌，他就會不自覺想起紀梓晴的死狀，但當他打開三樓的門一看，裡面卻空無一人。

可是琴鍵卻在自動彈奏。

「我不要聽了！我不要再聽了！」

趙煌快被琴聲逼瘋了，每一個音符都像是侵蝕他的毒藥，他為了要阻止鋼琴演奏，竟用身體壓在琴鍵上，琴鍵發出一聲巨響後，如他所願的停止了。

「鏗」的一聲，上鎖的窗戶突然自動打開，吹入一陣強烈陰寒的狂風打向趙煌的身軀，在冷白的月光投映下，他腳前的地板上竟慢慢浮出血色的字跡……

你是我的

同時，以字跡為中心，開始汩汩流出猩紅的鮮血，最後流滿整個地面。

「這……這是錯覺吧？哈、哈……」

趙煌揉揉雙眼，斷斷續續的傻笑。

但這時，他感覺到自己的衣服變得濕潤且沉重……往下一看，只見黑白相間的琴鍵洩出如瀑布般的紅水。

他驚叫了一聲，身體立即反射性跳開，然而滲透到衣服內層的紅水，竟以滾燙的溫度侵襲神經。

「哈、哈！這一切都是夢吧？我不信、我偏不信！」

趙煌雙手抓著頭皮，朝四周狂亂大吼，他身體左右搖晃、重心不穩，好像隨時都會倒下去。

「嗚嗚……嗚嗚……」

一道低沉的啜泣聲，如寒風般颳入趙煌的耳中。

趙煌抬起頭，用布滿血絲、渙散的雙眸一看……

一名削瘦、穿著紅色長裙的女人側坐在鋼琴上，赤裸慘白的雙腳騰空，她低著頭、雙手掩著臉，不停的哭泣，她的哭聲聽得令人肝腸寸斷。

「妳——」

趙煌眼睛睜到最大，喉頭發不出一絲聲音。

「你是我的……煌。」

對方用沙啞的聲音，道出簡短的五個字，接著她緩緩抬起頭……

朝著趙煌，微微的，笑了。

△▽　△▽　△▽　△▽　△▽

這天，柳阿一待在家中。

剛洗完澡的他頭髮濕潤，赤裸著上半身，不偏白皙或太過古銅的膚色恰到好處，身

上的肌理清楚可見，沒有多餘的贅肉曲線，可見他平時有在訓練、雕塑自己的身材，胴體散發出比起臉蛋更加陽剛的氣息，絕對有資格稱自己為凿壬出版社的李秉憲。

這陣子以來都為了勾魂冊的事疲於奔波，他都沒有好好泡一頓澡，今天總算是達成他這個微小的日常心願。

可即使如此，柳阿一還是無法完全鬆懈下來，只要想到勾魂冊新增的那段內容，就會輾轉難眠。

「不知道阿大有沒有說服趙煌……嘛，我看是很難，要是有的話就會打電話來跟我說了。」

嘆口氣後，柳阿一轉頭望向窗外高掛的下弦月，他很不喜歡那勾勾的月亮形狀，打從以前就是如此，小時候祖母總騙他那是惡魔的微笑，要是入夜後不乖乖入睡，會被魔鬼抓走的。

不知是否因為從小就被這樣洗腦，「討厭見到下弦月」的這個想法便根深蒂固的存在於柳阿一腦海中。

對於下弦月的厭惡，有其理由。

然而，對見到下雨天撐傘的男人剪影呢？

柳阿一至今仍想不到為何看了會覺得刺眼的原因。

想起殷宇曾跟他說的話，那恐怕是在他失蹤的那段時間內產生的，柳阿一認為自己對男人看不順眼很正常，可是沒道理會去針對撐傘的動作。又不是照相機，雨傘就算打開也不會吸走靈魂吧！

所以，那又是為什麼呢？

柳阿一每每想到這個問題，都快把腦漿擠出來卻還是沒結果，同樣的，對於失蹤時期的記憶依舊沒找回。

其實他有打算嘗試催眠，說不定這樣就能將隱藏在腦葉深處的記憶喚醒、了解真相，可是一來能夠值得信賴的催眠師不好找，二來他又沒什麼時間。瞧瞧他現在的狀態，連好好泡個熱水澡都成了一種奢侈願望……

想想，他真是為了那本該死的勾魂冊失去太多自己的時間。

不過，他稍微整理了一下自己失去記憶的相關線索——

第一點：勾魂冊。這本破破爛爛又超級不祥的筆記本，打從他失蹤回來、恢復意識後

就在他的身上，其中必定有什麼原因，而且還是這麼一本不可思議的東西。

第二點：雨天撐傘的男人畫面。除了得弄清楚這個舉動背後的意義之外，還得找出究竟是哪個該死的男人做了這種事，害他自此對這畫面很不好受，若之後找到人的話，絕對要向對方申請心靈創傷賠償費。

第三點：就是那個目前被他擺在床頭櫃上的，神秘的黑盒子。

一想到這個玩意，柳阿一就轉身走到自己的床頭櫃旁，拿起這個方方正正的小盒子反覆觀看。

「這裡頭到底裝了什麼玩意啊……」

柳阿一搖晃盒身，裡頭傳來隱隱約約的沙沙聲，每當那個聲響傳出一次，他的好奇心就會被勾得更高。

對柳阿一來說，這是一個相當奇怪的盒子，因為即便他使盡吃奶的力氣，盒子就是打不開，可是盒子看上去又並非完全密封的模樣，真是奇怪對吧？

再來，至少在他記得起來的回憶中，沒有印象自己收藏了這麼一個黑盒子，他也自認自己不是什麼收藏家個性，才不會莫名其妙擺了個盒子在架上，況且當初發現它時還是在最顯眼的地方，以自己最喜歡華麗擺設的觀點來看，這個普通到不行的黑盒子更沒天理會放在顯眼的位置。

「真是的，我怎麼會有這麼多謎團？又不是小說人物！」

柳阿一的自我吐槽有時真是莫名的讓造物者也中槍。

不知為何，為了解開眼前這個黑盒子之謎，他想到了遠在不知數公里外的方世傑。因為對解謎有興趣的怪人殷宇不在國內，除此之外又沒有別的對象可以商討，於是乎，這陣子以來簡直可以說是朝夕相處的方世傑，就成了他想找來問問的人選。

二話不說，行動派的柳阿一立即撥打電話，不管此時已經入夜時分、冒著很可能把人從床上挖起來的風險打給了方世傑。

「喂，阿大，是我啦柳阿一……」

「嘟、嘟、嘟。」

很顯然的，柳阿一被他家編輯立馬掛了電話。

不過也很顯然的，柳阿一的神經和臉皮都不是普通的厚，更別說對他而言被拒絕是家常便飯，於是又不死心撥打第二次。

「阿大，我是柳……」

「嘟、嘟、嘟。」

這次是連讓柳阿一把名字說完的餘地都沒有，電話另一頭的男人再次掛斷電話，至於被連掛兩次電話的某人，則是一臉淡定拿出他的手機。

是的，柳阿一要使出他的大絕了，他一邊直撥方世傑的手機，一邊重撥方世傑的室內電話——他就不信這樣對方還不接。

「方世傑，起床哦，快來陪陪我這孤單寂寞的好男人哦。」

「……等會我就殺去你家滅了你。」

結果順應了柳阿一所願。

——不過，就此換得即將被責任編輯殺害的命運……這樣值得嗎柳阿一？

「我都沒直說就知道要來我家啦？討厭啦，想不到阿大這麼猴急……阿大這個大色狼！」

「……我不只要滅了你，還要把你分屍後再用王水潑乾淨。」

手機另一端傳來再認真不過的預告。

——柳阿一啊，你確定還要這樣繼續裝蠢下去、刺激一名即將成為殺人犯的責任編輯嗎？

「哎呦，別這麼凶狠嘛，我只是有個謎題想要你幫忙解開……我想，這也許和我失蹤的原因有關。」

起先還是訕訕笑著的柳阿一，說到最後聲音明顯一沉，嚴肅許多。

這一回，沒有再聽見方世傑撂下的狠話，換來的是一片沉默。過了一會，柳阿一收到的答案是——

「……你的脖子最好給我洗乾淨等著。」

「是是是，不用您說我正剛好洗完澡出來呢。」

柳阿一又恢復成玩笑的口吻，不過實際上心底卻鬆了口氣。

△▽　△▽　△▽　△▽　△▽

約莫過了二十分鐘，柳阿一的家門前響起了鈴聲，身為主人的柳阿一趕緊前去應門。

門一開，果然就見方世傑站在他面前。

和平時早上上班穿的筆挺西裝不同，方世傑此時的穿著很隨意，就是以一身連帽的休閒服套裝來到柳阿一眼前。

「我說你，打算讓我看著你的裸體解謎嗎？」

「哎呀，我的裸體就這麼會讓你分心嗎？」

「……柳阿一，想死嗎？」

「……對不起我錯了鬼差大人。」

敗陣紀錄繼續刷新的柳阿一，馬上像店小二一樣鞠躬退到一旁，另一手則趕緊隨意抓來一件衣服套上。

「說，你不惜冒著半夜吵醒我的死亡代價，是要我幫你解什麼謎？」方世傑一邊說著，一邊嫌惡的找尋可以坐下的位置。

無論何時來，柳阿一的家在他眼裡就是一團亂。

「鏘鏘！就是這個！」

柳阿一從身後拿出黑盒子，輕輕擺放在方世傑面前的桌上。

「就這個？」方世傑眉頭一挑，尾音上揚。

「就這個。」柳阿一重複對方的話，尾音下挫。

「你要我嗎柳阿一？」

方世傑的兩手正做著摩拳擦掌的預備動作。

「不、不敢不敢！我是認真的啊！你聽我說……」

猛搖頭求饒後，柳阿一便對方世傑說明關於黑盒子的來龍去脈，方世傑這才知曉盒子對柳阿一的意義——也就是與他的失蹤有極大關聯。

「把盒子拿來。」方世傑命令道。

「欸？」

「你不是說打不開嗎？那就讓我來。」方世傑白了柳阿一一眼。

「我打不開你就打得開嗎……」柳阿一小小聲咕噥著。

「你說什麼？」

「沒、沒事！我這就將盒子給你哦！」

向來欺善怕惡的柳阿一立即拱手將盒子讓出。

這下，攸關柳阿一失蹤與失憶之謎的重要線索，就交到方世傑的手中了。

「哼，不過是個普通的盒子……」

方世傑一手托著盒底，一手舉起試著要掀開盒蓋。

「啪！」

突然一道白色的火花迸出，劈里啪啦的聲響頓時讓兩人一愣，傻眼的看著方世傑手裡的盒子。

「剛、剛剛是怎麼回事……？」

柳阿一嚥下口水，抬起眼來愣愣的看著方世傑，他想自己應該沒看錯吧？就在方才那瞬間，他的確親眼見著盒子爆出火花啊！

「你問我，我怎麼會知道！」

反應就像受驚的貓，全身的毛都豎了起來，而沒這麼多毛的方世傑則是大發脾氣。不過他也肯定自己沒眼花，他確確實實見到了火花竄出，除此之外，他剛觸碰盒蓋的手指還略帶發麻，這感覺似曾相識……

對了，就和之前碰到趙煌家中的鋼琴一樣！

「奇、奇怪了啊，我怎麼弄這個盒子都不會有火花跑出來，為何阿大你一想掀開就出問題呀？你是觸電體質嗎？」

柳阿一納悶的問著，他認識方世傑這麼久了，從沒聽對方說自己很容易觸電，況且現在也不是冬天，有那麼容易就產生靜電嗎？

「你才觸電體質！你全家都是觸電體質！而且這還是木盒子，木頭哪會觸電啊！」

方世傑當下真想把盒子摔到柳阿一臉上。

「那、那又是……靈異現象了？」柳阿一怯怯的吞了口口水，眼睛睜得圓圓大大的看著方世傑。

方世傑嘆口氣，「……你就不能說是超自然現象嗎？不過，我想也只有這種解釋了。實際上，我也並非第一次遇到這種狀況……」

「什麼？你之前也遇過？」

柳阿一的表情更顯驚訝了。

方世傑別過頭去，雖然不是很想重提往事，但是為了讓柳阿一明白，他也只好說出口了。

得知不只是這個黑盒子，就連趙煌家中的鋼琴也有類似情況的柳阿一，忽然雙眼閃閃發亮起來，像看著神明一般的目光望著方世傑。

「哇哦……搞不好你是什麼神仙轉世然後還沒覺醒耶……」

「哈啊？你這種亂七八糟的結論是從哪來的啊？」

方世傑真想一拳打醒眼前思想有問題的旗下作家。

「吶吶，既然你也打不開盒子，就先別管它了。阿大，既然你有陰陽眼，那麼也應該有通靈能力對吧？」

柳阿一將方世傑手中的黑盒子收走後，眼神仍閃亮的望著自己的責任編輯。

「你這種亂七八糟的推論又是從哪來的啊？有陰陽眼為什麼就一定會通靈！」

方世傑真是快受夠這位半夜吵醒自己的旗下作家，他越想越懊悔，為何當初會笨到答應柳阿一到他家來。

「先別說這個了，你聽過安麗嗎……噢不，我是說，你聽過催眠嗎？我在想啊，如果是阿大，也許能夠利用你的通靈能力，對我做出像是催眠的效果，說不定就會知道我失蹤的真相了！」

「……你是認真的嗎？」

方世傑覺得柳阿一的妄想已全開了，他是不是要打醒這個可憐的傢伙啊？

「我當然是認真的，因為在你身上發生了好幾起不可思議的事嘛，所以我在想搞不好這招真有效。」

柳阿一向對方投以堅定、又帶著期盼的眼神。

方世傑又嘆了一口氣，他想自己既然一步錯，就索性全盤錯下去吧，反正一時間是無法擺脫柳阿一了。

「那說吧，你希望我怎麼做？」方世傑雙手抱胸，只好配合的問。

「先找個地方坐下……呃，我這就立刻幫你清出一個位置來哦！」

柳阿一低頭看了看自己凌亂的地盤後，便趕緊著手清出空位的工作，看到這幅景象的方世傑又是無奈搖搖頭。

待柳阿一好不容易整理出位子後，兩人便面對面坐在地毯上，柳阿一向方世傑下出指示：「阿大，你就照著電視上常看到的那種催眠，先將我哄入睡吧。」

「哄入睡個頭！你當我是唱搖籃曲騙你快睡的老媽子啊！老子我現在一拳就讓你睡

死！」

大發雷霆的方世傑伸出一隻手來抓住柳阿一的頭，另一手揚起即將揮拳而下，忽地有幅莫名的影像閃過方世傑腦海。

「阿、阿大？」

本來已準備好要被挨打，緊閉雙眼的柳阿一睜開半隻眼，偷瞧遲遲未揮拳的方世傑，而他半邊的腦袋仍被對方抓著。

「別吵，再給我閉上眼睛！」

方世傑一聲令下，柳阿一當然照做，隨後他的另一隻手也抵在柳阿一腦袋上。果然，方才那幅景象又竄過一次，只是這次的畫面稍微清楚點。

方世傑睜著眼，卻並非透過這對靈魂之窗看到影像，畫面是出現在他的腦海之中，不停的閃動且模糊，方世傑隱約見到一名男性的身軀倒在一片紅色液體中……

等等，那是血嗎？

躺在上頭的那個人……

又是誰？

這個時候，一雙腳走到平躺在地的男人眼前，那是一雙黑色的、漆皮的亮面皮鞋……

「唔！」

一陣劇烈的頭痛突襲上方世傑腦門，打斷了腦海中的影像，也讓方世傑因為劇痛而抽開雙手，直抱著自己的頭。

「阿大？阿大你沒事吧！」

柳阿一聽聞對方發出一聲嗚咽，趕緊睜開雙眼，緊張的他兩手扶住方世傑，一臉擔憂的看著自己的責任編輯。

「我沒事……」

方世傑淡淡的搖了搖頭。說也奇怪，彷彿要把腦汁炸出來的劇烈頭痛在殘像消失後就轉瞬消失，他還想看得更多，還想了解得更仔細，卻因為這該死又突如其來的頭痛打斷，他很不甘心。

可是，對於自己所見到的畫面，究竟是怎麼回事？

總覺事有蹊蹺，也或許真相未完全清楚的關係，為了不徒增柳阿一的煩惱，方世傑決定還是暫且守口如瓶的好。

「發生什麼事了？難道我的這顆頭也是超自然現象嗎？」

「你在胡說些什麼，你這種愚蠢的發言和個性才是超自然現象。還有，快把你的髒手從我身上移開。」

方世傑不屑的看向搭在自己肩上的手，冷哼一聲。

「還能夠罵人，看來你真的沒事了。」

柳阿一將手收回後，一點也不介意方世傑的鄙視，反倒是鬆口氣似的一笑。

「先說好，我剛剛什麼也沒感應到，大概是你太笨了腦袋又太硬，才讓我的頭痛了一下。」方世傑一邊拿出隨身攜帶的手帕擦拭肩膀，一邊說道。其他被柳阿一沾染到的部位也跟著一併清潔，對他而言徹底消毒是必要的。

「你到底把我的這顆頭當成什麼啊……啊，看來好不容易燃起的希望又幻滅了，我本來還指望阿大你會是新一代通靈大師，然後跟我說我失蹤的那段期間其實是跑到女兒國當駙馬爺去了……」柳阿一難掩失望的撓了撓後腦勺。

「憑你？被女兒國抓去當人牲祭品還差不多。」方世傑消毒完畢的同時，也不忘再給柳阿一一記回馬槍。

「嗚，阿大好過分哦，就這麼愛吃我的醋真沒辦法啊……」

「我想起來了，我記得這趟來是要將你殺人滅口的吧？」

「不，完全沒這回事，您一定是記錯了！方世傑大人您快請回吧！」

不知道上演幾次的這類對話，就是柳阿一和方世傑之間的日常相處模式啊。

方世傑冷哼一聲，真不曉得自己此趟的意義是什麼，他轉身就要邁開長腿，跨出柳阿一的家門檻時，忽地從後頭傳來一陣響亮的咕嚕聲。

「啊。」

柳阿一低頭看著怪聲的來源，自己的肚子。

回頭看向他的方世傑又嘆口氣，問：「你是沒吃飯嗎？」

「哈、哈哈，因為忙著寫稿就忘了吃飯嘛……可能是剛才因為阿大緊張一下，肚子就很快餓起來了……」

柳阿一搓搓自己的扁肚，尷尬的笑了笑。

反觀方世傑則是一臉意外。

「……你說你忙著寫稿？」

「是、是呀。」

柳阿一愣愣的回答，結果卻見本來要離開的方世傑一個箭步上前，眼神銳利的逼問。

「你沒發燒吧？」

「我沒發燒真是抱歉哦。」被這麼質問的柳阿一嘆了口氣，「我是想說，這陣子阿大你忙趙煌的事忙得很心煩了……要是再讓你為稿子的事而火上加油……總覺得有些對不住啊。」

在柳阿一把真心話說出來後，方世傑臉上的表情也瞬間柔和了不少，雖然看在一般人眼底還是很嚴肅可怕。

「……我說你。」

方世傑這時捲起了自己的衣袖，擅自走到了柳阿一家中的冰箱前，問道：「有沒有什麼特別想吃的？」

「欸？」

柳阿一愣了愣，他剛剛沒聽錯吧？還是說這耳朵已經不中用，出現幻聽了？

「算了，我看你家冰箱裡能做的菜也不多，你給我將就的吃吧。」

將冰箱中的材料都拿了出來，方世傑不給柳阿一回應的餘地，頭也不回就走進主人家的廚房。

一時間，客廳裡只有傻楞楞待在原地的柳阿一，呆呆望著客人擅闖主人的廚房，然後從中傳來了陣陣料理的聲音。

沒多久，一盤盤熱呼呼的菜餚就端上餐桌。

一邊緩緩放下之前捲起的袖子，結束廚師任務的責任編輯一邊吩咐：「給我滿懷感激的吃下，聽到沒？」

「啊……」

柳阿一沒直接回應對方的問題，反而另外講了一句：「阿大……你好像我娶回來的老婆哦……還是凶巴巴、會跟婆婆吵架的那種哦。」

「……柳阿一。」方世傑沉下臉來。

「……是？」柳阿一弱弱的回應。

「我想還是在你的菜裡下毒好了。」

換你當我的助手

窗外的陽光斜斜射進眼皮內，微微的刺癢讓方世傑稍稍撐開了眼皮……

好睏。

這是他乍醒後的第一個念頭。

眼皮是久違的沉重，以往只有在熬夜趕工時才體會得到，可昨晚又沒忙著工作，這鈍鈍的感覺又從何而來？

答案，就在方世傑起身看了周圍的環境後，豁然開朗。

……該死，他居然在這麼凌亂的地方睡了一晚！

而這種地方僅柳阿一的家，別無分號！

「我怎會幹了這種蠢事……這下子全身都要徹底消毒了！」

方世傑單手撐起沉重又痛起來的頭，他想起熟睡以前發生的種種，便再度後悔自己當初做了愚蠢的決定。

現在看看他的下場，隻身睡在堆滿各種雜物的單人床上，左手旁還擺了一個奇怪的軟綿綿娃娃，他都不知道原來柳阿一是這種人。

等等！

這裡是柳阿一的家，沒錯吧？

不，應該說絕對無誤，那麼這個單人床由他占著後，身為主人的柳阿一又睡哪？

好奇心一起，方世傑準備下床離開，不過他一動，竟導致兩旁像山崩土石流一樣，亂七八糟的雜物紛紛洩洪而下。

方世傑才不管這些，最好走路時可以直接踩爛柳阿一珍藏的那些謎片DVD，就當作是讓他睡在這狗窩裡的報應。

來到客廳後，方世傑終於見著這家的主人，同時也是讓方世傑回去需要買一打醫療用消毒水淨身的罪人——柳阿一側躺在狹長的沙發上，熟睡著。

「真是個笨蛋……」

方世傑看到對方身上的棉被已掉落在地上。

現在雖然不是冬天，但是早上的氣溫仍略低，方世傑心想這傢伙準要著涼……不對，不是人常說笨蛋不會感冒嗎？那柳阿一應該也不會感冒才是。

方世傑打算走往盥洗室稍微洗個臉時，無意間瞄到了牆上的掛鐘。

「什麼？八點五十分了！」

驚呼一聲，方世傑兩眼睜得大大的。

天殺的——再十分鐘就是上班時間了！

從柳阿一的家到出版社有段距離啊，他無暇梳洗了，最好是現在就上路！

「柳阿一你這混帳也快給我起來趕稿！」

方世傑準備衝出門時又折了回來，修長的腿抬起，毫不客氣一腳就踹在柳阿一的背上，他說什麼就是不想見到自己忙著趕上班，這罪魁禍首卻好夢正甜的模樣。

「疼……珊妮妳的早安吻也太粗暴可是我喜歡……」

「誰是珊妮了！可惡，我沒時間跟你耗下去！」

似乎因為被柳阿一當成某位前女友、又或者某位酒店小姐的方世傑，氣到雙頰漲紅，但就在這時候，他的手機響了。

「喂！聽著我可沒空跟你……」

沒好氣的接起手機的方世傑正想開罵，就先聽到另一頭傳來顫抖虛弱的男性聲音，這聽來如此害怕恐慌的聲音主人，正是他這陣子擔心的對象，趙煌。

「小、小方，你、你人在哪裡？能不能、能不能帶我離開這個家？拜託，我再也不要一個人待著了……是真的！你們所說的都是真的！我、我也遇上了！」

手機裡傳出趙煌恐懼又發顫的央求，光是聲音就能讓方世傑腦海產生畫面，此時的趙煌肯定正發著抖、縮著身子，並拋下平時最在乎的尊嚴向他求救。

方世傑皺起眉頭又看了掛鐘一眼，雖然明知上班就快遲到了，但說什麼他就是無法對這樣的趙煌置之不管。

「……趙煌學長，你等著，我待會就去接你。」

方世傑口吻一改，想盡可能的給予對方安定的力量。

得到對方聽起來似乎稍感安心的答覆後，方世傑掛斷通話，改而將仍在沙發上賴床的柳阿一拉起身。

「珊妮這樣不行的……上班之前不能再來一次啦……」

「柳阿一，想要我燒珊妮的紙紮娃娃給你就繼續昏睡下去沒關係。」

「嗚啊！這、這是鬼差找上門了！鬼差——」

「啪、啪！」

驟然響起清脆的啪啪兩聲，方世傑想當然的訴諸暴力打醒了柳阿一。

「清醒過來了吧？」方世傑挑眉問。

「……完全清醒了，阿大。」兩頰頓時紅腫的柳阿一，摸著熱呼呼的臉龐哀怨回答。

「很好，現在就跟我去接趙煌。」

「接趙煌？等等，你不是今天要上班嗎？」柳阿一訝異的問，況且他也很納悶為何要去接趙煌，才一大清早的……

「我請假了——反正我還有很多假可以請。」

在這之前近乎全勤的方世傑，手中還握有許多的有薪假呢。

於是乎，方世傑和柳阿一兩人便上了路——當然是開著方世傑的車，因為光看柳阿一的家有多亂，就知道他的車也絕對好不到哪裡去。

一路上，柳阿一向方世傑打聽了接趙煌的原因。柳阿一隱約知道，恐怕是勾魂冊的預言果真發生在趙煌身上了。

△▽　△▽　△▽　△▽　△▽

開快車來到趙煌目前的租屋處後，由方世傑按下門鈴，過了一會，才聽到有人來應門的腳步聲。

門緩緩打開，不過卻未一次全然敞開，而是從門內露出了半張臉，森森的看著門外的他們倆。

「趙煌學長，是我們，我和柳阿一。」

方世傑見到門縫裡的趙煌有些不忍，在他印象中向來開朗陽光的趙煌，現在居然變得神經兮兮，此時看著他們的瞳孔中還布滿血絲，方世傑不難想像待會見到趙煌整個人時，對方會是多麼狼狽的模樣。

「太好了……你們終於來了……」

看清了對方是誰後，門內的趙煌鬆了一口氣，這才將門完全打開，讓門外的兩人進到他家中。

只是無論方世傑或柳阿一，在見到趙煌的當下都倒抽了口氣，難以置信的看著眼前這個前陣子還意氣風發、容光滿面又俊朗的男人。

此刻站在他們倆面前的趙煌，不僅面色蒼白、眼窩凹陷又充滿黑眼圈，身上的衣物不知被什麼扯破了，袖子、褲角都呈現被撕裂的鋸齒狀，整個人雙手抱胸，蜷縮著上半身，實在難以將他與曾經為鋼琴界耀眼之星的模樣聯想在一塊。

「趙煌學長……發生什麼事了？」方世傑越看越覺得胸口一緊，他曾經的恩人落得如此慘樣，實在讓他難以接受又難過。

「紀……紀梓晴……梓晴昨、昨晚……來找我了……她、她找上門了！」趙煌緊張的左顧右盼，疑神疑鬼又吞吞吐吐的把話說了出來。

他的這一席話，讓方世傑和柳阿一的臉色當場一變，不過困惑占了最主要的因素。

「趙先生，是說紀梓晴小姐託夢給你的意思嗎？」

這是柳阿一的見解，他想紀梓晴和趙煌如此恩愛，應當是對趙煌放不下而回來見見對方吧？

只見趙煌猛搖頭，解釋道：「不，不是那樣的！是她……是她真的出現在我眼前！不是在夢中！而、而且——她還想要我的命！」

「紀梓晴小姐要你的命？不好意思，我搞混了，她沒事要你的命幹什麼？你又沒做什麼背叛她的事……等等，你該不會真的……」

起先還不知對方在說什麼的柳阿一，話說到一半，看到趙煌心虛的閃避眼神時，他就恍然明白了。

同樣的，在柳阿一旁邊聽見此話的方世傑，也頓時了然於心。

「喂喂，你怎會做出對不起紀小姐的事啊？究竟是怎麼回事？你到這節骨眼上最好別隱瞞我們了！」柳阿一抓著趙煌的肩膀問話。

一臉倉皇且不知所措的趙煌，這才把整件事情的來龍去脈，包括外遇對象黃姿毓也慘死於一氧化碳中毒等……都告訴了面前這兩人。

「真不敢相信你居然做了這種事……」

柳阿一心驚的看著垂頭懊悔的趙煌。

至於一旁的方世傑雖是一臉糾結，卻不忘對他旗下的作家見縫插針道：「看，這就是你未來的寫照。」

「……你到底是有多看不好我的未來啊！」

柳阿一呈現死魚的眼神，不過他很快又將注意力拉回趙煌這邊。他想，目前可以確認的有兩件事：勾魂冊再度應驗，以及紀梓晴恐怕化作厲鬼來報復。

「吶！小、小方！柳先生！你們說我該怎麼辦？你們有沒有辦法幫幫我？這種事、這種事我也只能想到你們能幫我了！求求你們幫幫我吧！」

趙煌分別抓著方世傑與柳阿一的手臂，顯然腦袋混亂又茫然害怕的他，已經放下了所有的尊嚴。

「趙煌學長……」

方世傑蹙起眉頭，面帶不忍的看著苦苦哀求他們的趙煌，然而實際上他頭一次遇到這種事，況且自己也不是什麼抓鬼專家，只能轉頭望向對勾魂冊事件有所經驗的柳阿一。

「看來……也只得照那個方法做了。雖然我不保證百分之百有效，可是多少有驅趕的效果在……」

柳阿一嘆口氣，說實在，他並不想再這麼做，因為這一次可沒有強大的槍手殷宇在旁，方世傑又是第一次的門外漢，他真沒把握能做到啊！

「是、是什麼方法？拜託！拜託請一定要救救我！天知道那女人什麼時候又會回來找我！」趙煌改而兩手抓住柳阿一的手，著急的眼神終於燃起一點希望。

柳阿一又嘆口氣，問向趙煌：「那麼，你必須保證無論我做什麼都能配合，而且不能

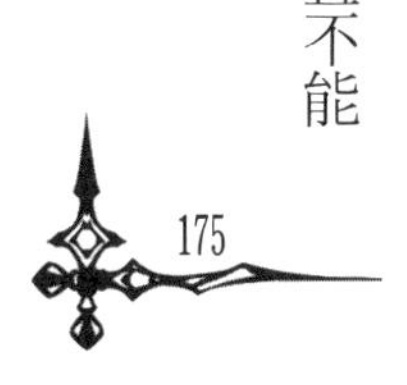

質疑我，可以嗎？」

「可以的！只要你願意出手相救，我什麼都答應！」趙煌連忙點頭。

「柳阿一，你究竟打算怎麼做？」早就好奇心氾濫的方世傑忍不住問。

「老方法了，阿大——這次，得換你來當我的助手了。」

柳阿一轉頭看向方世傑。

△▽　△▽　△▽　△▽　△▽

夕陽下山，紅色的雲靄染遍地平線上所有的山頭。在落日之前，柳阿一從自己住家返回趙煌的居所時，帶回一袋東西。

「柳阿一，你手裡拿著的是什麼？」

為了不讓趙煌一個人待在家中，方世傑今日都陪在趙煌身邊，讓柳阿一獨自行動。

「就是我所謂的『方法』啊，能夠幫上趙先生的法寶。」

柳阿一神秘兮兮的笑了笑，將整個袋子放到客廳桌上，伸手進去取出物品。

方世傑用懷疑的眼神盯著柳阿一，趙煌則投以充滿期待的目光，只見柳阿一從中取出了兩把制式手槍。

「等等，你怎麼會有這種東西？更何況手槍能夠對付鬼魂嗎？」

方世傑簡直傻眼了，旁邊的趙煌同樣一臉錯愕。

「這是殷宇留給我的裝備，至於他從哪弄來的……我想最好還是別知道的好。不過我敢說，過去的經驗告訴我，至少這些槍有用，多少有效。」

柳阿一將其中一把槍遞給了方世傑，「這把給你，我們就用這兩把槍來保護趙先生。別擔心，不會擦槍走火的，因為裡頭裝的不是子彈，而是鹽彈。」

「鹽彈？」方世傑愣愣的接下有些重量的手槍，他剛剛是聽到了柳阿一小說裡常出現的道具名詞嗎？

「別懷疑，就是要靠鹽彈來擊退鬼魂。想當初我也很訝異這真的有效，在那之前我一直以為這不過是小說裡騙人的東西罷了。」柳阿一邊低頭確認彈匣裡的鹽彈，邊向露出不敢置信神情的方世傑說明，當然也一併解釋給受他們保護的人聽。

「這種東西真的能夠驅邪嗎……」方世傑反覆看著手裡的槍，即使聽了柳阿一的說詞

後仍有幾分懷疑，不過這節骨眼上他也只能將就相信了。

「阿大，知道如何開槍射擊吧？」

「廢話，我在當兵時可是有神射手之稱。」

方世傑沒好氣的白了柳阿一一眼，被這種看起來才像是不懂得用槍的人問話，心底真不是滋味。

「哇~那我可以期待阿大大展身手囉？」

「少囉嗦，看你只是想躲在我後面少做點事吧！」

方世傑眼神更加凶狠的瞪了柳阿一。

「被阿大看穿啦？真不愧是我長年相處下來的責任編輯……」

柳阿一說著說著，視線改而投向趙煌，「趙煌先生，我們都準備好了……接下來，你該把所有的事情都跟我們講了吧？我想，你應該還有什麼事情隱瞞著我們才對……比如那臺你最愛的鋼琴？」

將「鋼琴」二字特別加重語氣，柳阿一發現趙煌的臉色頓時一變，先是驚異，再來是面露糾結、有口難言。

他踟躕一會，反問柳阿一：「這、這又和我的鋼琴有何關係……」

「大有關係了──你至今會遇上的這一切，都和你得到那臺鋼琴有關啊。這麼說好了，你知道紀梓晴小姐從何處得到這臺鋼琴嗎？」

「這……我真的不知道……」趙煌面有難色的搖了搖頭。

「趙煌先生，你現在所要回答的問題可是攸關自己性命哦。」

「我……我是真不曉得她是去哪弄來這臺鋼琴，我只知道，在我前陣子很低潮的時候，梓晴說要幫我去向神禱告，願神能夠幫我度過這個低潮……於是，那時我就帶她到她指定的一間教堂去……不過，我覺得這和今天遇到的這些事沒什麼關係吧？」一直是低著頭不敢直視柳阿一的趙煌，這時才抬起眼來，不明白的問道。

柳阿一的食指搖了搖，「不不，有很大的關係，請你繼續說下去，趙煌先生，當時你有和她一起進到教堂之中嗎？」

「那倒沒有……梓晴表示只要她一個人進去就好……不過，這麼一說我才想起來，她是在那之後沒多久就送我這臺鋼琴的。」趙煌說到一半恍然大悟，認真的回答。

「看來似乎是這樣子沒錯了……」

聽完趙煌的答覆後，柳阿一和方世傑兩人互看一眼，點頭確定。

若柳阿一推測的沒有錯，再加上以往勾魂冊的案例來看，可以肯定紀梓晴進到那座教堂後，做了某種交易換取鋼琴，只是讓柳阿一感到意外的是，勾魂冊的主人難道會是神職人員嗎？

雖然覺得詭譎，不過至少現在對勾魂冊的主人總算有那麼一點眉目……也許，這對他找尋失憶和失蹤的原因，是往前邁進的一大步。

「到、到底是怎麼回事？你們究竟想說些什麼？」

雖然趙煌得知勾魂冊的事，卻只知一二，既不曉得關於那臺鋼琴的過去歷史，也不知勾魂冊以往的故事，因此顯得一頭霧水的看著方世傑與柳阿一。

「趙煌學長……是否在你得到這臺鋼琴後，琴藝自此快速精進，開始聲名大噪呢？」方世傑面色沉重的問。

「小、小方你怎會知道……」趙煌更顯訝異了。

「果然如此……趙煌學長，那麼，紀梓晴小姐之前對你有特別禁止過什麼，又或者百般叮嚀、耳提面命的嗎？」方世傑再問。

「明令禁止什麼的倒沒有……她向來不會管我……除了她總是跟我說，要我不能辜負她的感情……！」

趙煌猛然倒抽一口氣，像被打醒了一般震驚道：「難、難道說你們所謂勾魂冊的規則條件……指的就是我不能背叛梓晴嗎？天啊，一定是這樣的！因為這一切都是我外遇被她知道後才發生……這、這就是破壞規則的懲罰！」

頓悟的趙煌兩手抱著頭，內心萬分懊悔，但一切早已無濟於事，他接著又是搥胸又是頓足，可內心也明瞭這其實是他自找的。

「後悔莫及了吧……唉，要是你安分守己的愛著紀小姐，如今也不會落得這種下場……」看著趙煌痛苦後悔的模樣，柳阿一咋舌搖頭。

反倒是旁邊的方世傑又冷冷投了視線過來，對柳阿一道：「這種話由你來說好沒說服力啊。」

「喂喂阿大，你其實是我哪個前女友雇來對付我的吐槽役吧？」

柳阿一真是服了對方，為何他的兩位編輯見縫插針和吐槽能力都這麼高超呢？

「這麼說來，關於 Elliot 也應是如此了。他的妻子可能也跟勾魂冊主人做了交易，

得到這臺具有讓人琴藝神速進步的鋼琴，但也因為身為丈夫的 Elliot 外遇緣故，妻子同樣選擇自殺，並回頭來向背叛自己的丈夫報仇。」方世傑低聲對柳阿一說道。

方世傑想，或許就是因為這個原因，Elliot 才會一直讓人見著他待在鋼琴旁，為了不想再讓悲劇重演而警告著能看見他的自己。

整起事件至此，無論趙煌或柳阿一等人皆有了共識，強烈的直覺告訴他們三人——很可能就是今夜，化作鬼魂的紀梓晴將要重演百年前的報復戲碼。

柳阿一和方世傑想到這裡，不禁握緊各自手中的槍。

此時此際，他們只能嚴陣以待。

愛到肝腸寸斷

牆上時鐘滴答滴答的響，太過規律的節拍反而讓人覺得可怕，在屏息的靜默之中，鐘擺搖盪的弧度及聲音都充滿了壓迫，特別是對當前被緊張和恐懼情緒籠罩的人來說，簡直是更加倍的……近乎窒息的咒語。

趙煌雙手環著自己，彷彿像隻無措的雛鳥般膽顫心驚，一點風吹草動都會讓他跳起身來的模樣。

隨著夜更深更沉，他的心也越懸越高。

紀梓晴會不會出現？

這不僅是趙煌內心的疑問，也是守在他旁的兩人，柳阿一和方世傑共同的問號。

柳阿一抬頭看了下掛鐘，時針就快逼近午夜十二點。他在等，心跳沉甸甸的跳著，就連吞嚥一口口水都得小心翼翼。

方世傑亦是如此，雖然他早已習慣見到非人世界的種種，可這還是他第一次進行驅鬼行動，今日之前明明還只是一介負責驚悚靈異小說的責任編輯，此時此刻卻變成了該書系中最常出現的角色，實在很難調適過來。

他和柳阿一一樣緊緊握著手中的槍，沒有一刻鬆懈下來，食指一直是預備著扣在扳機

之上。

「咻砰！」

就在這時，一陣狂風突然用力吹開關緊的窗，頓時發出震耳的碰撞聲，刺骨的寒意也迎面襲上屋內三人。

趙煌臉色立刻一白，心臟緊緊縮了一下，馬上躲到了方世傑的身後，恐慌的看著被風吹開的門窗。

柳阿一也立即對方世傑使了個眼色作為警示，兩人同時將槍口對準了不斷吹入陰風的窗櫺。

這時，位於第十四層樓高的窗臺上……有隻瘦骨嶙峋的手，毫無預警爬入窗內。

本該當下就射擊的柳阿一等人在見到這幕後，全都倒抽口氣，驚愕的看著那隻屬於女性的手進到眼簾之中，畢竟他們不是對所有事物都淡然面對、又經驗老道的殷宇。

被冷冷月光洗滌之下的手更顯蒼白，醒目的鮮紅色指甲又尖又長，眨眼間，另一隻手也爬進窗內……

「射、射擊！阿大快射擊！」

猛然回過神的柳阿一趕緊下達指示，他率先扣下扳機，緊接著方世傑也立馬跟上，只是驚魂未定的兩人根本沒法精確的瞄準，鹽彈如雨下卻一發都未擊中，當下只聞一聲出於女性的驚聲尖叫竄出，一道紅色的身影從窗外躍進屋內！

「煌……我的煌啊！」

——紀梓晴就這樣現身在眾人面前！

她一身鮮紅色的衣袍隨冷風擺盪，一頭黑色長髮凌亂的蓋在她毫無血色的臉前，甚至還有結塊的血漬和不明的黃色硬塊綴在她頭髮之上。

柳阿一立即想到紀梓晴是墜樓身亡，黏著在上頭的那黃色硬塊，實為凝固的腦漿……光是想到這裡就再次打了個寒顫！

「你怎麼能……你怎麼能這樣對我！」

雙腳懸空的紀梓晴先是極為哀怨的幽幽訴說，話到最後突然睜大骨碌碌的雙眼，張開血盆大嘴，猛然朝趙煌的方向撲去！

趙煌嚇得發出像女人一樣的尖叫，護在他前頭的方世傑情急之下扣下扳機，槍聲再響，然而這次的鹽彈命中目標。

「嗚！」

紀梓晴發出一聲嗚咽，表情更加扭曲。

看到這一幕的方世傑面露驚訝，因為他獲得了最強而有力的證據，鹽彈果真有驅鬼的成效！

「憑你……？憑你也想阻止我帶走我的煌嗎！」

身軀被鹽彈貫穿出一個洞來的紀梓晴，抬起頭來凶狠的瞪著方世傑。

「別動！」

從紀梓晴後頭傳來柳阿一的嚇阻。

柳阿一雙手合握槍柄，眉頭深鎖，難以掩飾緊張的將槍口瞄準紀梓晴，只是他現在非常後悔來到對方身後的位置。

……因為紀梓晴的後腦勺遠比正面來得驚悚。

糾結在一塊的噁心長髮，若隱若現、半掩破碎的頭顱……那血肉模糊、腦漿迸出，並且斷裂的頭蓋骨……

柳阿一下意識的想要別開目光，可是若不好好盯著目標，危險的會是自己，他只好忍著快要反胃上來的嘔吐感，瞇著雙眼，煎熬的繼續將槍口對準紀梓晴。

「哈、哈哈哈……」

這個時候，紀梓晴垂頭冷笑起來，零零落落又斷斷續續的笑聲著實令人毛骨悚然。

「誰也……誰也阻止不了我……因為……因為煌是我的……你是我的——我最愛的人！」

紀梓晴尖銳的吼聲一落，周圍的各種擺設——桌椅、書櫃、甚至是來自廚房那一把把亮晃晃的刀具，全都懸浮於半空之中，方向對準了趙煌所在之處。

「學長小心！」

菜刀投射過來的剎那，方世傑一把撲倒了趙煌，閃過致命的一劫。

同一時間，被椅子追著跑的柳阿一則大喊：「嗚哇！愛情的力量真可怕！」

「你到現在還有心情開玩笑啊！」方世傑一聽立刻怒吼回去。

「阿大才是！到現在還有心情吐我的槽啊！」柳阿一也不甘示弱的反駁。

「你們兩個是想刺激我嗎！居然在我面前甜蜜拌嘴是怎麼回事！」

在柳阿一和方世傑你一言、我一語的隔空喊話下，紀梓晴眼冒凶光更加生氣了。

「不，我想妳誤會了這位厲鬼小姐……」躲閃著攻擊的柳阿一臉上同時冒出黑線。

「妳哪隻眼睛看到我們甜蜜了！誰要跟那種人甜蜜了！妳腦袋有洞啊！」比起紀梓晴，方世傑更為憤怒，轉過身來立即再朝對方連續開槍。

「呃，不是我要吐槽你阿大，她是真的腦袋有洞，而且還是不小的洞……」柳阿一都不知道自己是身處被鬼追殺的現場，還是吐槽的綜藝節目裡頭了。

「去死……去死……你們都給我去死！我要你們一起陪葬！」

即使被鹽彈再度擊中，紀梓晴卻似乎一點也不在乎，震怒的大吼一聲，原先騰空的家具數量頓時增多，就連窗戶都在方才的吼聲中被震破，碎裂開來的玻璃四處飛射。

「阿大真是的！都是你啦幹嘛刺激她！」

要不是及時一閃，柳阿一差點就要被朝他飛來的廚櫃撞到。

「我刺激她？不是你幹的好事嗎！」

在各種器材飛撞破碎的吵雜狀態下，方世傑的吼聲仍清楚的傳到柳阿一耳中。

「算、算我拜託你們……別、別再吵下去了……再吵下去我們會死得更快的……」被方世傑庇護著的趙煌顫抖說道。他心想，這兩人難道不知道再吵下去只會讓紀梓晴更誤會眼紅嗎？

「這我也知道，都要怪那該死的柳阿一……！」

方世傑邊回答趙煌的同時，懸空的電視機無預警的朝他們倆的方向直線加速，方世傑當場的反應就是抓著趙煌，趕緊躲進前方的客房之中。

「砰！」

方世傑用力關上門後，電視機應聲撞上了門板，緊接像是不死心一樣，電視機不停的砸門，方世傑和趙煌僅能以背貼門，以兩人自身的重量壓制撞擊的力道。

「再這樣下去是不行的……作為鬼魂的紀梓晴不會疲累，作為活人的我們可是會精疲力盡啊……」

方世傑喃喃自語，背部同時承受門外重物的撞擊，他看了旁邊的趙煌一眼，見著對方早已害怕得臉色發白、冷汗涔涔，就算方世傑並非醫生也清楚趙煌的情況不樂觀。

雖然今天的一切都是趙煌自己造的孽，可是方世傑這輩子都無法忘卻，過去大學時期趙煌給予他的支持、伴他走出低谷的恩澤，他說什麼都不願見到有恩於自己的趙煌被殺害。

他低頭查看一下彈匣內的鹽彈數目，所剩不多了。

再看身旁的趙煌一眼，以及想到了門外可能還在跟桌椅纏鬥的柳阿一，他覺得自己不該再躲下去，這更不符合他的做事風格。

於是心一橫、牙一咬，方世傑對著趙煌說一聲：「在這裡躲著，別出去。」

語畢，方世傑看著門把深吸一口氣。

「……跟她拚了！」

話音一落，方世傑轉開門把，先是向右一閃，躲開迎面飛來的電視機，緊接雙手舉起槍，對著紀梓晴大喊：「妳，給我下地獄去！」

槍聲連響，方世傑拿出他前神射手的實力瞄準紀梓晴射擊，這次果真發發都擊中目標，使得紀梓晴的表情因痛苦而更為扭曲，周遭騰空的家具擺設都應聲墜地。

然而，紀梓晴仍不放下執念，她伸出手來準備反擊子彈射盡的方世傑。

在她後頭的柳阿一見狀急著大喊：「阿大！」

就在這時，只見方世傑面無表情的舉起一手，一把抓住了原本應該是人類無法碰觸到的靈體。

「……給我滾。」

低沉得不像是方世傑平常的嗓音，彷彿變了另一個人，剎那抓住紀梓晴頭部的方世傑，身體竄出一道刺眼奪目的白光。

「嗚啊——」

屋內頓時被女性尖銳的哀號占據，紀梓晴似乎被無形的力量往後撞飛，隨後就轉瞬消失在眾人眼中，趙煌家中從這一刻起再度回歸到了日常的寧靜。

「剛、剛剛是怎麼回事？」

親眼見證所有過程的柳阿一，愣愣看著佇立在原地的方世傑。他正想走上前問問，卻見本來還站得筆直的方世傑忽然雙眼翻白，當場昏倒過去。

「阿大？喂喂阿大你還好吧！」

柳阿一趕緊上前支撐住差點跌在地上的方世傑，但見對方眼皮沉沉的閉著，一點也沒有睜開的跡象。

「哎呀，這下該怎麼辦才好呢……」

總覺得事情的發展越來越混亂了啊……

柳阿一看著懷裡的那張睡臉，感慨的想著。

△▽ △▽ △▽ △▽ △▽

「所以說我什麼事都記不得了，別來吵我了行不行？」

一早就在編輯部辦公室發脾氣的方世傑，雙眼盯著電腦螢幕，嘴巴則在唸著旁邊來找他的柳阿一。

「真的記不得了嗎？連一點印象也沒有？」

柳阿一不死心的追問，他都追來蚩壬出版社了，怎麼可以什麼話也沒問到就回去。

自從在趙煌家中清醒後，方世傑就聲稱自己忘了失去意識前的記憶……噢，別會錯意，不是像柳阿一本人一樣失去大半記憶，而是只針對將紀梓晴趕走的那一刻，方世傑表示他記不得那時自己做了什麼，更不清楚自己是用什麼方法驅走化為厲鬼的紀梓晴。

因此當時只有柳阿一一人目睹了整個過程，他永遠都忘不掉，方世傑從體內散發出白光的景象。

一定有什麼原因在，因為小說都是這樣寫的，只不過現在對柳阿一來說有些棘手，因為當事者好像真的全都忘光光。

「我說了，連一點點的殘像都沒有，這樣的答案你滿意了嗎？可以給我滾了嗎？你知不知道，編輯部的女同事們又曖昧的看向我們這邊了？」

方世傑厭煩的白了柳阿一一眼，他近來實在受夠那些女同仁的竊竊私語，還有那種對他投以「我們都心知肚明、祝福你們」的目光。

「哎，別這樣嘛阿大，你難道不會好奇自己當時做了什麼嗎？」

臉皮向來厚到可以當水泥牆的柳阿一，一點也不介意女同事們的目光，現在最讓他放在心上的是事情真相。

「你不是說了嗎？我從體內散發出白光什麼的……柳阿一，你以為我會相信嗎？這種事怎麼可能發生在我身上，我會比你更不了解自己嗎？」

「可、可是……」

「沒有可是，我休假一天已經積了一堆工作要做，你再不離開就等著被扛出去！」

「哇啊！鬼差撂狠話了，閃人閃人囉！」

柳阿一吐了吐舌頭，他還沒這麼不怕死，敢頂撞下重話的方世傑，於是趕緊讓屁股從椅子上起身，快快離開方世傑的視線範圍內。

之後接連向幾位編輯部的女同事打招呼和搭訕都沒人理後，柳阿一只好摸摸鼻子踏離蚩壬出版社。

這年頭怪事真多，憑他柳阿一英俊無雙的容貌，居然得不到編輯部女性一點青睞，說什麼她們又不是不要命了哪敢接受柳阿一的心意……

到底是為什麼啊？他又不是青面獠牙，也不是變態殺人狂，怎麼說得好像跟他在一起就會真的到枉死城報到一樣？

柳阿一真是越想越搞不懂，不過除此之外，他也對自己未來的發展抱持著可疑心態，他的人生自從失蹤回來後，不僅失憶、接觸到了勾魂冊，現在就連長年以來自己都視為平凡人的責任編輯，也有陰陽眼和疑似驅魔的靈力，於是乎他甚至因此懷疑自己……

柳阿一啊柳阿一，你失蹤回來後的世界是不是變了呀？

「算了……還是別想這麼多好了。不知道趙煌那傢伙現在過得如何了……」

柳阿一抬起頭來仰望天空，想起了那個沒再與他或方世傑聯絡的人。

只是恰好在這個時候，柳阿一並不知道被他放在背包裡的勾魂冊，又是一陣森然的青光閃過。

△▽　△▽　△▽　△▽　△▽

充滿藥水味的空間內，白衣護士和醫師來回穿梭，採光極佳的落地窗映著刺眼的陽光，醫院內迴盪著各類聲響：人聲、腳步聲、咳嗽聲……而在院內的一角，三、四名護士正熱絡的交談。

「喂，妳知道那個鼎鼎有名的鋼琴家趙煌嗎？他昨晚住進咱們的精神病房呢！」一名護士睜大眼睛，一臉八卦的向周圍的人說著。

「喔！我知道啊！這件事被媒體報導得很大說！這個趙煌平常一表人才、琴藝高超……但聽說他被送入醫院前，在他住家大樓前的馬路上不停的哭吼『我不是妳的、我不是妳的』……」另一名護士壓低聲音，小聲說道。

這時，一名護士手持巡房表，快步穿過她們身邊。

「咦……那個護士我之前沒看過耶！」圍聚閒聊的其中一名護士，轉頭看著方才那名護士的背影。

「哎喲，她是今天新來的嘛，妳當然沒看過啦！」一位看來較年長的護士這麼回答。

△▽ △▽ △▽ △▽ △▽

風和日麗、碧空如洗的午後，趙煌躺在醫院純白的床鋪上，兩眼發愣、面色憔悴，手背上插著點滴，他的腦袋一片空白，什麼也不願去想。

此時巡房的女護士走進門，他也沒看她一眼，雙眼繼續看著天花板發呆，女護士走近床邊，將夾在腋下的巡房表放在一旁。

「看你好像很無聊的樣子，我來說個故事給你聽吧。」女護士一邊幫趙煌調整注射的點滴，一邊緩緩說道。

「從前從前，有個叫米蒂亞的公主，嫁給了心愛的傑遜，剛開始她被傑遜溺愛著，她以為這就是她的一生……可是事實並不是這樣。」

女護士拉了張椅子坐下，就待在趙煌的床邊說起了故事，只是趙煌仍未轉頭看她一眼。

趙煌還是一樣，看上去如死魚一樣毫無反應。

「當米蒂亞知道傑遜移情別戀後，她傷心且痛苦。她開始回想過去的一切，發現這都是她過度愛戀傑遜所致。而如今的傑遜，對她就像個陌生人般。於是，她決定要報復這個負心漢……」

故事似乎還未說完，女護士便以嘆息打住，反觀床上的趙煌，神情仍未有一絲的改變。女護士又深深一嘆，道：「我曾有個令我深愛不已的男人……我離開他後，每天都思念他到肝腸寸斷……」

她牽起趙煌的手，拉往自己的腹部摸去，然而這時，趙煌僵硬的表情有了變化，他驚恐的瞪大雙眼。

因為他的手……好像觸到一團柔軟、溫熱、流著燙手液體的東西。

趙煌怔怔轉過頭去看，赫然發現對方有著一張……與紀梓晴一樣的臉。

「……終於對我有興趣了嗎？還想看得更多嗎？」

與其說是和紀梓晴一樣的臉，趙煌此時更加確定了眼前這個人，就是他以為自己已經從她魔掌中逃脫出來的紀梓晴！

紀梓晴對他微微一笑，接著慢慢站起身，兩手輕拉起裙子，好似跳舞的小女孩一樣轉了一圈。

然而，映入趙煌眼簾的畫面是：她的頭顱後方破個大洞，軀幹嚴重變形，腹部還是敞開的！

趙煌嚇得趕緊伸回手，因為這下他才得知自己剛才碰到的……

正是對方寸斷的腸子。

趙煌當場哭著求饒，但見對方回以一抹甜蜜到悚然的微笑。

「我摯愛的煌啊……我愛你愛到肝腸寸斷……你也有愛我愛到肝腸寸斷嗎？」

她笑著從口袋中取出一把手術刀，趙煌見著當下想起身逃開，卻沒想到四肢竟然都沒了力氣，他根本無法動彈。這時他才想到一定是剛才注射的點滴，是那玩意讓他因此失去力氣！

趙煌想放聲大叫求救，紀梓晴卻一手緊緊摀住他的嘴，緊接便將手中的刀具揮下——劃開趙煌的腹部！

剎那，紅血從傷口往外竄流而出，滴到了白床之上。

紀梓晴一邊緊摀著趙煌的嘴，讓他發不出悽慘的哀號，一邊繼續面帶可人的笑容，將趙煌的腸子一節節切斷……

數分鐘後，病房內寂然無聲，紀梓晴血淋淋的雙手輕撫趙煌的臉頰，同時親吻他泛紫的冷冰唇畔。

一番激情的反覆深吻後，她抬起頭，抱住趙煌的腹部，哭著笑道：「好高興，好高興，你也愛我愛到肝腸寸斷……我的趙煌……我的趙煌……我的趙煌……你是我的了……」

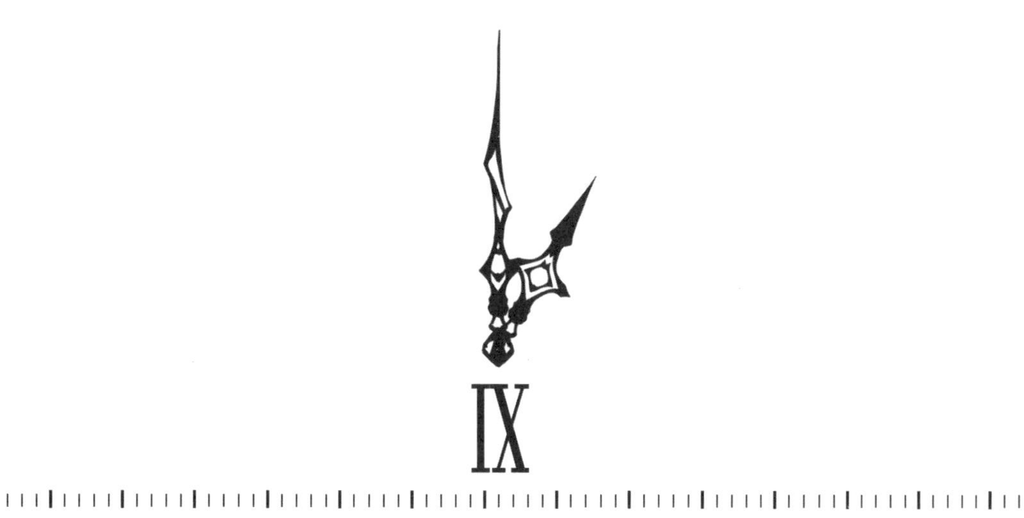

琴中魂

「這麼急急忙忙的把我從辦公室拖了出來，你最好給我一個很重要的理由。」

一坐上柳阿一的車，方世傑就冷眼瞪著匆忙坐到駕駛座的柳阿一，天知道他有千百個不願意進到柳阿一猶如豬窩的車。

「當然是很重要的事！阿大，勾魂冊又有新篇幅了！」

柳阿一發動引擎，踩下油門，一手則將捲在口袋中的勾魂冊拿出，丟給坐在副駕駛座的方世傑。

「又有新敘述？可是紀梓晴不是已經消失了嗎？照理來說，這次的事件應該完結了才對……」

方世傑臉色一變，趕緊將勾魂冊翻開一看，優雅充滿藝術感的黑色字跡跳入眼簾，果真是從未見過的新內容。

「誰知道呢！我剛透過以前把過的小護士……咳！」不小心說溜嘴的柳阿一很快的改口：「我是說透過管道得知，趙煌現在正在某家精神病院中，據說是精神失常被人送入療養。」

「趙煌學長居然進了精神病院……」

除了訝異之外，方世傑不禁搖頭感嘆，不久前還站在人生高峰的趙煌，轉眼間卻淪為精神失常的可憐人。不過，倘若換作他人，一旦遇上紀梓晴的事情，相信也難以從中安然脫身吧。

只是，現在有更讓他提心吊膽的事，勾魂冊上的新預言讓他倍感不安。

窗外的景色快速閃過，在柳阿一飆車下，他們很快就到了目的地。

「快，我打聽到的消息是說趙煌就在三〇一二房！」

以甩尾的方式進到停車格內，路人皆對柳阿一這高超的技術投以欽佩目光，可柳阿一沒時間享受眾人的讚嘆，立刻拉著方世傑往醫院的大門快步前進。

「請問你們兩位找趙煌患者有什麼事嗎？」

當兩人終於來到三〇一二病房的門前，正要拉開門進入的時候，一名護士匆忙來到他們面前詢問，畢竟這裡是精神病院而非一般的醫院，若有外人要來探視患者，都需經過一定程序。

「護士小姐，我們是趙煌先生的朋友，趙煌先生現在人還安然無恙嗎？」柳阿一轉頭反問對方。

被他這麼一問的女護士微蹙眉頭，答：「這位先生，我們定時都有護士在巡房，房內也設有緊急呼叫鈴，倘若趙煌先生有異狀我們會知道的，況且剛剛才有一名護士巡過他的房，回報一切正常，請兩位先生就別太擔心了……」

「妳說什麼？就在方才有護士進到他的房間內！」

柳阿一一聽臉色大變，他顧不得護士的阻止，硬是拉開門闖入了趙煌的房間。

「趙煌……！」

答案揭曉——

映入眼底的景色，正是柳阿一和方世傑最不願看到的畫面。

「天、天啊……快來人、快來人啊！」

見著此景的女護士倉皇倒退數步，掩面驚叫後趕緊轉身跑離。

「學長……？」

方世傑不敢置信的睜大雙眼，看著他以前的恩人就這麼慘死在自己面前。在他眼裡的趙煌，已被開膛剖腹，腸子外露且被截斷，床單和床底都流滿紅色如大理花的血水。

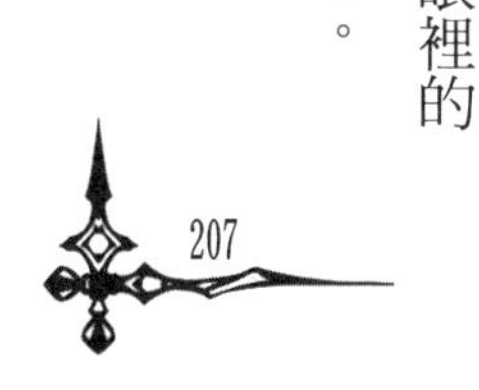

「這才是真正的句點……白衣天使的最終復仇……將她的思念灌注到愛人體內……肝腸寸斷的思念……」

柳阿一喃喃唸著勾魂冊裡最後新增的內容。他知道，自己來得太遲了，一切都已經太遲了。

在院方人員來替趙煌善後的期間，柳阿一和方世傑不忍再看，兩人先行離開了醫院。坐上車後，引擎遲遲沒發動，無論車主或乘客都被消沉的氣氛所籠罩。

「要是……我能早一點發覺勾魂冊的預言就好了……」

也許，趙煌就能免於這般淒涼的下場。這句話柳阿一沒能說出口，他的胸口被濃濃自責感湮沒，鬱悶不已。

「別想了……就算是早點讓你發現，就真能再次將學長從死神手裡救出嗎……」方世傑十指交錯，深吸一口氣，「真正該死的，是造成這一連串悲劇的勾魂冊主人。」

不能原諒。

這是方世傑對此人唯一的想法。

不知為了什麼目的，一而再的造成他人的悲劇，甚至奪人性命，他方世傑無法忍受這樣的人存在於世間之中。

只是他對現狀又很無奈，自己就算想將這人繩之以法卻無對方的任何消息，可打從心底他就是想對那人進行與罪行相等的制裁……老實說，他對於有這種念頭的自己感到很陌生，過去從未有一件事能讓他如此在意且執著，好似他的骨頭、他的血液都烙印上這個想法，無法放下。

這時候，車內又再度陷入另一次的沉默，並非柳阿一不想接對方的話，而是眼前出現了足以讓他們倆瞠目結舌的畫面。

一名男子出現在他們的車頭之前——

那張臉卻是他們剛才親眼見著被蓋上白布的人，趙煌！

「趙、趙煌?他、他不是死了嗎怎麼會……痛!」

「笨蛋，你是撞鬼了還不懂嗎!」

柳阿一話未完，方世傑就從他的後腦勺拍了一巴掌過去打醒他，心想這傢伙不是已經接觸過不少怪事了，怎麼還如此大驚小怪?

「可、可可是……我大白天撞鬼還是第一次啊！」

柳阿一狗眼汪汪、一臉哀怨的摸著後腦勺的腫包，一手直指著前頭太陽底下的趙煌。

「真是服了你……我想，趙煌應當是有話想跟我們說吧……」

「有話跟我們說？不過勾魂冊這次好像真的完結了耶……」

柳阿一正要繼續說下去，轉瞬之間，前頭的人影驟然消失，接著柳阿一和方世傑的肩膀上卻多了一道冰冷觸感。

「拜託你們了……將我……從那臺鋼琴裡解放出來吧。」

再耳熟不過的男性嗓音，幽幽的從車子後座傳了過來。

△▽　△▽　△▽　△▽　△▽

柳阿一開著車，前往趙煌生前最後停留過的居所。他的行動，得追溯到當時趙煌對他和方世傑說的話——

「求求你們了……我想得到能夠託付的對象……就只有看得見我的你們了……拜託……拜託將我從那臺該死的鋼琴裡解放出來吧。」

趙煌的身影很模糊，柳阿一頭一遭見著如此的鬼魂，雖說他多少理解身為靈體的趙煌不可能再像活著一樣有著清晰可見又真真實實的肉體，不過就以他歷來看過的同類來說，沒有一個像趙煌這般影像朦朧，好似隨時都會灰飛煙滅。

「從鋼琴裡將你解放出來？還有，你是怎麼做鬼的？居然比其他我見過的鬼都還來得模糊，到底是怎麼回事？該不會又與勾魂冊有關？」柳阿一疑惑的問道。

「沒錯，我也有同樣的想法。」方世傑也同聲應和。

只見趙煌面色糾結，深深嘆了口氣後，才幽幽的告訴了他們……這一切，都和那臺紀梓晴送他的鋼琴有關，而非柳阿一所猜測的勾魂冊。

趙煌說，在他死後終於了解到事情背後的整個來龍去脈。

鋼琴與勾魂冊的關係，僅止於勾魂冊的主人——也就是那名當初和紀梓晴進行交易的神父，將鋼琴當作交換的商品使用，讓趙煌琴藝變好的原因並非該名神父，而是鋼琴本身的魔力……又或者說是詛咒。

那是一臺受過詛咒的鋼琴，擁有能夠將彈奏者琴藝短時間內精進的魔力，代價卻是彈奏者死後的靈魂得歸鋼琴所有，也就是靈魂永遠被禁錮在琴身之中，藉此維持詛咒的能量。趙煌是用盡最大的能耐，才讓自己的影像出現在柳阿一與方世傑的面前，也因此顯得模糊不清。

然而在那臺鋼琴裡，除了趙煌以外，還有另一人的靈魂也被束縛在其中，此人正是方世傑見過的Elliot，也是這臺鋼琴的第一任主人，更同為勾魂冊的受害者。

透過趙煌的口中得知，勾魂冊主人將這臺鋼琴作為交換的條件，是要交易者能夠維持與心愛之人的愛不變，只是趙煌因為外遇打破了規則，而Elliot亦是如此，兩人的另一半都因而遭到了懲罰，皆以各種不同方式的自殺作為了斷——但真相是，這不過是勾魂冊主人製造出來的假象。

實際上，她們的死都是勾魂冊主人所為，像紀梓晴就是被他從陽臺上推落而亡，而Elliot的妻子則被對方用小刀割破喉嚨再讓她手持凶器。

對柳阿一和方世傑來說，雖然早有頭緒，但是經過趙煌的解說後，他們才有了徹底的了解。

他們想繼續追問有關勾魂冊主人的事，趙煌卻搖搖頭，直說目前僅知於此。

於是，為了要將趙煌連同Elliot從詛咒的鋼琴裡放出，柳阿一和方世傑才會再次前往趙煌的住處。

柳阿一和方世傑來到趙煌所租的套房門前，正苦惱要如何闖空門的時候，才發現門根本未上鎖，因此兩人便輕而易舉的進到屋內，完成他們就某種層面上來說第一次的犯罪行為。

雖然對如何將趙煌解放出來毫無定見，但柳阿一和方世傑仍打算硬著頭皮試試。

一進到這有段時間沒人居住的屋子後，一股霉味率先出來迎接兩人。

「咳，這味道真難聞。」方世傑用手搧搧鼻前的空氣，面露厭惡的神色。

「咦？會嗎？我怎麼什麼都沒聞到？」柳阿一還試著深吸口氣，就是沒有感覺到任何讓人不快的異味。

方世傑白了他一眼，「因為長年待在豬窩的你鼻子早爛掉了，哦，該說是你根本習以為常。」

「哇，阿大見縫插針的吐槽能力又更上一層樓了。」柳阿一咋舌稱奇，一點也沒有被罵的難過。

「這種沒營養的對話要到什麼時候?你給我認真點!」

方世傑的鐵拳一揮，立刻給柳阿一一記鬼差的制裁。

在柳阿一還摸著他痛痛的腦袋時，方世傑已爬上樓去，搜尋他們此次要找的目標，也就是那臺囚禁著趙煌魂魄、被詛咒的鋼琴。

一路來到三樓，還在樓梯口的方世傑卻先見到一團黑色霧氣從房中竄出，他反射性用手擋住迎面襲來的霧氣，然而霧氣衝擊的力道讓方世傑失去重心，往後一仰!

「糟了……!」

方世傑牙一咬，以為自己就要摔下樓梯而緊閉雙眼，背後卻有道力量撐住自己，讓滾落樓梯摔成重傷的悲劇免於發生。

「阿大?你還好吧?」跟在後頭爬上樓的柳阿一，一手扶住對方，眼神納悶、帶點不安的問。

方世傑很快的反轉過身，不讓柳阿一的手在自己的背上停留太久。眉頭蹙起的他正色回應柳阿一：「霧氣……三樓的房間裡竄出黑色霧氣。」

「黑色的霧氣？可是我什麼都沒看到……」

柳阿一更為困惑，瞇起雙眼認真的看向前方，可是依舊不見任何異狀。

難道他的雙眼也爛掉了嗎？

他的豬窩……不對，他的家才沒可怕到會有黑色霧氣讓他習以為常啊！

「是嗎……看來這次依然只有我能見著了。對了，柳阿一，既然你看不到那團黑色霧氣，就由你來打前鋒。」方世傑改而一把將對方推到前頭，命令道。

「啥？我來當前鋒？是我來當肉盾的意思吧！不、不過為什麼會有黑色霧氣要攻擊你啊？」柳阿一不解的回頭問，同時他的身子硬是被方世傑繼續推向前。

「恐怕是知道我們的目的，不想讓我們將囚犯放走所以才發動攻擊吧。好了，你給我聽話點，不然事後有你好看。」

方世傑完全無手下留情之意，就是要柳阿一當他的替死鬼……更正，是打頭陣的戰士勇往直前。

「這、這真是強人所難嘛！唉……哪一次阿大對我下的命令不是強人所難呢……」

柳阿一百般無奈垂下頭，雖說他眼前不見任何異狀，可是心底多少還有些害怕，只能說誰叫他遇上方世傑這種責任編輯？他這輩子恐怕是無法從此人腳下翻身了。

他嚥下口水，提心吊膽的小步小步往前進。

只是說也奇怪，由柳阿一開路的結果就是安然抵達三樓房間，並且終於見到了他們所要找的那臺黑色鋼琴。

「什、什麼事也沒發生嘛……」

平安到達目的地後，柳阿一摸摸自己七上八下的心口，安撫著自己，反倒是他身後終於探出頭來的方世傑，臉色更加凝重了。

「對你來說可能沒發生什麼……」方世傑眉頭深鎖，「可是在我眼中，很顯然就是有個問題在等我們解決……想要把關在鋼琴裡頭的靈魂放出來，並沒有那麼容易。」

同樣的景象，看在方世傑眼中卻有著天差地遠之差別，他所見到的那臺黑色鋼琴——顯然就是方才黑色霧氣的源頭，因為整臺琴身都籠罩在一團駭人的烏煙瘴氣中！

「喂喂，阿大你究竟是看到了什麼？」柳阿一忍不住好奇心追問。

這種時候，他完全能體會當時殷宇的心情了。不過，和自己相較之下，殷宇更是絕緣體啊。

「那臺鋼琴，現在正被一團你所看不到的瘴氣所包圍，我再接近它的話，恐怕又會像方才那樣遭受攻擊。」

「那由我去接近如何?反正我什麼也看不到，也不怕被攻擊啊。」

柳阿一回應方世傑的話，但見方世傑搖了搖頭。

「不，我想相對的，你應當也無法解開鋼琴的詛咒，似乎只有我能夠做到……直覺是這樣告訴我的。」

實際上，方世傑也不清楚自己為何有如此想法，腦海就這麼閃過一個靈光，讓他不由自主的跟著直覺走，反正理智對上超自然現象本就無用武之地，他索性放手讓自己的直覺工作，說不定能解決眼前這個棘手的問題。

「柳阿一。」

方世傑叫住對方，同時鼓起勇氣，邁開長腿往鋼琴的位置步步接近。

「要是見到我有什麼異狀，要快點將我從所站的位置上拉開。」

柳阿一雖不明就裡，還是只能點點頭，答應他的責任編輯。

得到柳阿一的回應後，方世傑再度往前進。

他每走一步，眼前籠罩在鋼琴周遭的瘴氣就像張牙舞爪的妖物一樣向他放出警告，朝他噴射箭狀的黑色霧氣。

這次，方世傑鐵了心的告訴自己絕不能被這種玩意打敗，眼見霧氣射來，他也不再遮掩閃避，好似有道聲音告訴自己：你不能屈服於此！

也許是下定的決心讓方世傑感覺不到疼痛，又或者霧氣因此不能傷害到他，方世傑前進的路上，本來阻礙在前的黑色霧氣一分為二，讓他獨身走進了瘴氣之中。

終於來到距離鋼琴觸手可及的位置上，方世傑伸出手，想要碰觸躺在琴身上的黑白相間的琴鍵，只是指尖才稍稍觸及，就再度受到誤觸電流的刺痛。那一瞬間，方世傑皺起眉頭，但是比起永遠被禁錮在這臺鋼琴內不得超生的靈魂來說，這點疼痛對他而言又算得了什麼！

這一刻，方世傑硬是將自己的雙手重重壓在琴鍵之上，震耳的琴聲讓旁邊的柳阿一聽得瞇起雙眼，心裡一顫。

反觀方世傑，他開始使勁彈奏起了鋼琴。不知為何，他像是順著本能一般，就這麼做了。

剎那，他的身體發出了白光！

這下連柳阿一都能看到了，他合不攏嘴的看著方世傑從體內自行發光的情況。對方世傑而言，映入眼簾的不只有自身的白光，還有與白光交錯、猶如錯綜交戰的黑色霧氣。隨著他手指躍動的速度加快、傾洩在琴鍵上的力道加重，從他身上發出的白光也更加強烈。

琴聲如狂風暴雨降臨大地，柳阿一也見到方世傑的眼神越漸失焦，彷彿深深陷入了完全無我的境界。

柳阿一可慌了，方世傑提醒過要他見著異狀時拉自己一把……

那現在該怎麼辦？

雖然這狀態看上去不像是對方世傑不利，可看在一般人眼中，卻的的確確是個驚人的異狀！

當柳阿一正苦思該如何是好時，方世傑這邊忽然下了一聲彷彿要絕了氣的琴音，在柳阿一看不到的狀態下，這一刻——白光宣告戰勝了黑霧，轉瞬之間像一面傾倒的天秤，白光將所有的烏煙瘴氣吞沒殆盡！

在瘴氣頓失的剎那，兩道白色煙霧從琴身之中急竄飛出，下一秒便各自凝聚成兩道人影，其中一人是柳阿一再熟悉不過的趙煌，另一人則是只有在畫像上見過的中古世紀鋼琴家，Elliot。

「小方……謝謝你……」

趙煌的身影不再像之前一樣模糊不清，而是近乎活著時那般真實的站在柳阿一和方世傑面前。

同樣的，Elliot 比起肖像畫上的他更顯英俊，五官有著西方人獨有的優雅深邃，即使兩人的面色不似活人般充滿光澤且紅潤，然而與柳阿一看過的妖魔鬼怪相較之下，趙煌和Elliot 先生可說是鬼界的俊男組合了。

「這樣……我就不欠你了……學長。」

不知是否太耗體力的緣故，方世傑的聲音變得氣若游絲，他的嘴角微微上揚，眼神之中也有種卸下重責的解脫。

僅僅兩句對話，趙煌與Elliot的身影再度化為白色煙霧，飄出窗外；至於那臺鋼琴，只是一如所有柳阿一見過的鋼琴，靜靜的作為一個美化視覺的點綴擺設。

終於安了心的方世傑，似乎沒了再硬撐下去的力氣，身體再次失去重心往後一倒。

「唉呀……身高一八〇的大男人別毫無預警的倒下來嘛，要撐住你很重的耶阿大……」

柳阿一及時抓住了倒下的責任編輯，看著懷中那張失去意識的臉龐，不禁苦苦一笑。

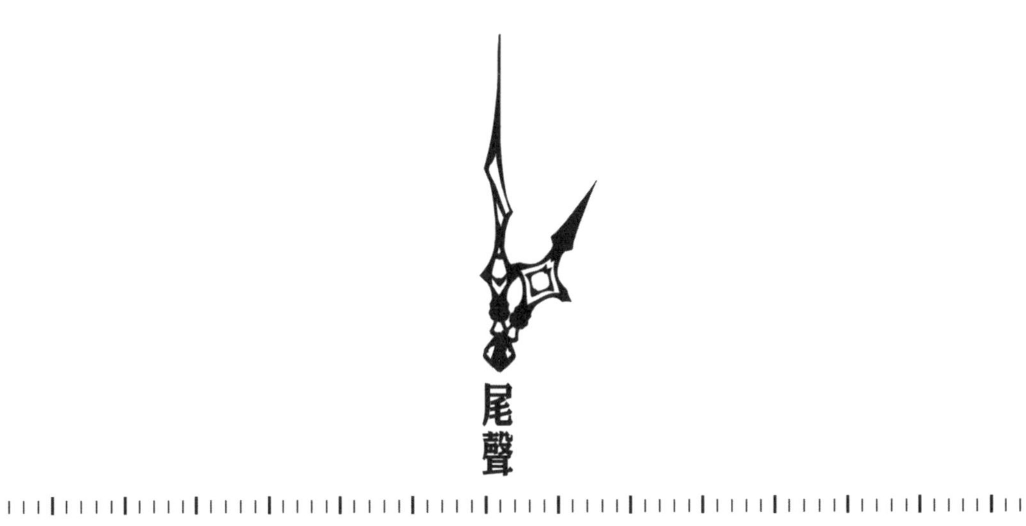

尾聲

放縱的淫欲

這一天，蚩壬出版社編輯部的某一角落，比往常還要來得熱鬧許多，原因無他，正值午休時間的編輯部同仁們——以女性為主的聽眾，都湊到柳阿一身旁聽他說著「據說真人真事、原汁原味、百分百呈現」的靈異經歷。

「說時遲、那時快，正當阿大快被凶惡的女鬼襲擊時，我立馬一個跳躍、轉身，先是撲倒將被女鬼攻擊的阿大，接著迅速站起身，二話不說面無表情朝女鬼扣下手中的扳機，射出的鹽彈命中目標！」

柳阿一像天橋下的說書人，聲音跌宕起伏還嫌不夠，外加比手畫腳，彷彿要活生生重現當時驚險的場面。

「那、那結果呢？那個女鬼後來就被你消滅了嗎？」圍觀的其中一位女職員，用著讓柳阿一聞之都酥麻的嬌滴滴嗓音問道。

「哈，那是當然！只是那女鬼在被我降服之前還不死心的繼續和我纏鬥，驚嚇萬分的阿大又需要我保護，我啊，當時真是使盡全身的力氣才……咦，妳們怎麼表情都突然變個樣啊？」

柳阿一話說到一半，只見著前頭的女員工們臉色一變、僵硬刷白，好像看到鬼一樣，便困惑的問著。

「柳、柳先生……你、你的背後有……」

嬌滴滴女聲這時變成顫抖氣音，她伸出手怯怯的指向柳阿一身後。

「哈啊？我的背後有什麼？哈哈，難道是我說的那個女厲鬼嗎？真是的，這位小姐妳還真投入。」

柳阿一不當回事的笑了笑。

「不……我想是比厲鬼更加恐怖的……」

「你們閒得發慌啊？尤其是你——柳阿一。」

一道冰得嚇人的聲音無預警響起。

柳阿一知道這下事情大條了。

「阿、阿阿……阿大……？」

柳阿一像「累格」的機器人，愣愣的轉過頭去，他方才故事裡的主配角方世傑，正雙手抱胸、微揚下巴，眼神挾帶慍色的瞪著自己，同時所有圍觀的群眾趕緊裝作什麼事都沒發生、呈鳥獸散狀。

不過，這群人倒是躲到安全的地方偷瞧著柳阿一VS方世傑的戰況，雖然她們大都知道結果會是如何。

「很閒嘛，居然不給我好好趕稿在這邊說閒話？而且還說我被女鬼攻擊，驚嚇萬分需要被你保護？就這麼想早點到枉死城報到？」

方世傑挑了挑好看又英氣的眉頭。

「沒、沒這回事！絕無此事！我以我的人格做保證，絕對沒這麼說阿大！」

柳阿一頓時像被長官訓話的下屬，猛拍胸脯要證明自己的清白，雖然大家都知道他根本沒清白可言。

「你有人格的話，這世界就沒有畜牲了。現在馬上給我消失在這裡，聽到沒！」

方世傑一把揪起柳阿一的領子，強硬的拽著柳阿一往編輯部的大門走。

「等、等一下啦！你聽我解釋啦阿大！」

被拖著走的柳阿一苦苦哀求，不過他好像聽到有女性同仁說了聲「妻管嚴」……不，這不是重點，重點是他現在就要被方世傑抓去外頭狠狠教訓一頓了！

「好，那我就聽聽你死前的遺言，快說！」

將人拖拉到門口外，方世傑終於鬆下自己抓在對方衣領上的手，眼神凶狠的瞪著柳阿一。

「我、我今天其實是來找你談談的啦！就、就是歷經趙煌一事後，我便有個想法……我想啊，搞不好阿大你是什麼捉鬼天師的後代傳人咧！」

「決定了，死刑加重。」

「不要啊啊啊——人家是認真的啦阿大！不然怎麼解釋你會發出白光，然後還能驅除厲鬼，甚至解開詛咒啊？」雙手都豎起來投降的柳阿一趕緊又道。

「我說過，我對於這件事一點頭緒都沒有，況且我怎麼可能會是什麼天師的後代，我的家族中頂多有人跟教堂親近些，沒有人跟寺廟很熟！」

「那、那換個說法，說不定阿大你其實是教堂的驅魔人後代呢？」

「哈啊？」

這次換方世傑一愣，他心想眼前這傢伙是有多想繼續掰下去？

「哦哦，這麼說來很有可能哦！真是不可思議啊，我的身邊居然會有驅魔人後代呢……好像電影一樣。」

「別給我亂下定論！」

方世傑一拳敲在柳阿一頭頂上。

「疼……唉呦～別這麼說嘛阿大，我是有根據的，因為你想想，要不是有你，勾魂冊的事件也不會解決，感覺上好像有條命運的紅線，將你和勾魂冊連接起來……」

「你才和勾魂冊有命運的紅線！你全家都和勾魂冊有命運的紅線！要命運的紅線是吧？我這就將你和枉死城連接在一塊！」

說著，方世傑又舉起他的鐵拳，要往被他壓在牆上的柳阿一揮去。

只是他們倆都沒發現，在旁邊偷窺的女職員們一臉竊笑，認定她們自己見到了傳說中的家暴現場。

△▽　△▽　△▽　△▽　△▽

藍天白雲之下，茵綠的草地之上，座落著一間風格簡樸的教堂，紅色屋瓦在陽光照射下折射出點點光澤，背景與建築交織成一幅讓人心曠神怡的畫面。

在這座教堂之中，一名修女捧著剛到手的鐵籠子，走到此處唯一的神父之前，將蓋著黑布的鐵籠輕輕放到了神父面前。

有著一頭烏溜長順黑髮的神父坐在牛皮大椅上，用他的纖纖長指挑起籠子上的布蓋，深邃的眸子定定盯著籠中之物，最後頗是滿意的微微瞇起雙眸，脣角上勾。

「『放縱的淫欲』啊……擁有這道靈魂的蝴蝶，相較其他我們收集而來的品種更加美麗呢……那帶著點豔色且誘惑的美。」

神父像是捨不得將目光移開籠子，身前的修女只是靜靜的點了點頭。

「不過……最近我開始苦惱了，妳知道原因嗎？卑以亞。」

穿著神父素黑袍的男人向對面的女子淺淺一笑，他的笑顏同樣帶有一種魅惑人心的豔色之美，雙眸蘊含著慧黠與神秘的光采。

被他稱為「卑以亞」的修女搖了搖頭。

「我啊，為了目光被分散開來而苦惱呢……除了我美麗的蝴蝶們，現在還有另一樣事物引起了我的興趣。」

神父嘴角上的笑容沒減去一分，他轉身打開擺在辦公室內的電視，方方正正的框架裡出現一幕影像。

畫面上顯示的數字，很明顯表明此段影像是由監視器所拍攝，彩度不高的監視器鏡頭裡有著兩道男人的身影，其中一人正側著身子彈奏著鋼琴，沒過多久，畫面上白光大作、幾乎要掩蓋過一切，等光芒消退過後，那名自體內發出白光的男子已倒在另一人懷裡，失去意識。

「吶，卑以亞妳看，這道白光是不是十分璀璨動人……又似曾相識到讓我們好懷念呢？」

神父嘴上的笑容未變，含在脣線之中的笑意卻讓人感覺更加明顯。被他點名的修女在看到白光的剎那，瞳孔微收縮，雙脣不禁輕漏出一聲驚訝之聲。

「呵呵……很有趣對吧？況且勾魂冊也在他旁邊那男人的手裡呢……」

神父這時將影像定格。

「不過，就算如此，也不會影響我們的計畫……」

男人從座椅上站起身，讓與晴朗天幕格格不入的冷風迎面吹著自己臉龐，一頭黑色長髮隨風起舞。

「一切，都在我的掌握之中啊！」

《勾魂筆記本03金色愛情的背叛》完

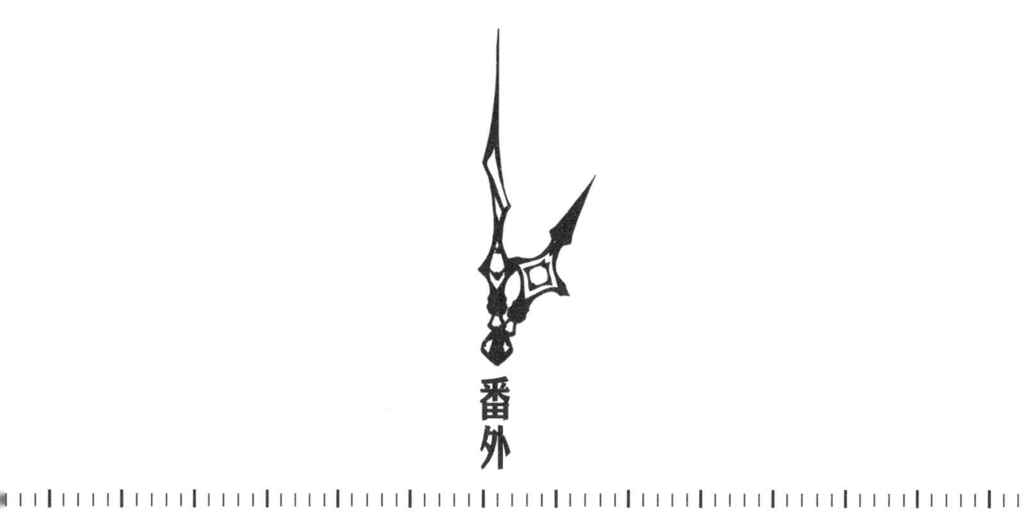

殷宇編輯的伴手禮

大家對於「伴手禮」的定義是什麼？

通常不外乎是旅行帶回來的土產，或者具有紀念性質且大都是討人喜歡的物品吧？

這一次，我們現任蚩壬出版社助理編輯的殷宇先生，在難得一次的假期之中，選擇到遙遠的國度進行身心靈全面放鬆，同時心心念念的要帶個伴手禮回去見他家上司，以及他就職以來第一個負責的某作家。

就殷宇的認知是：好的伴手禮能讓你得到上司的青睞，不好的伴手禮就丟給作家去哀號……

嗯，好像哪裡不太對勁。

不過，對上前刑警出身、手腳功夫與射擊技術超級好的殷宇，閒雜人等最好還是沉默是金，免得醒來的時候發現自己身在防潮磚之中。

現在，就將鏡頭轉給我們的殷宇助理編輯，且看他會挑什麼伴手禮回去見婆家……挑錯的話，惡婆婆方世傑可是會生氣的拿去砸柳阿一哦～

究竟方世傑看到禮物時會眉開眼笑嗎？柳阿一的未來又是如何？讓我們繼續看下去……

△▽　△▽　△▽　△▽　△▽

此時此刻，身高一八〇公分以上，擁有一雙羨煞人的修長雙腿，以及媲美西方人的深邃輪廓，又穿著一襲疑似是亞曼尼西裝的單身貴族殷宇先生，正戴著一副看起來價格也不菲的雷朋墨鏡，坐在一輛載滿乘客的遊覽車上。

「各位午安，我是今天帶領大家參觀的領隊Amy！在此感謝各位參與這趟知名鬼屋巡迴之旅！」

自稱Amy的女領隊跑到車內最前頭，拿著她的金牌麥克風對所有乘客熱情的自我介紹，同時也點出這不是一般的旅行團，而是由一群熱衷見鬼的遊客所組成。

遊覽車戴著他們參訪一間間傳聞中幽靈出沒的鬼屋，又或者命案連連的極惡凶宅，不過大都無法讓人下車入內參觀——不是因為未開放，就是已經有不怕死的人早早入住成了私人豪宅，特別是後者，讓這團旅客在某種層面上非常羨慕這些鬼宅的主人，因為他們比起自己有更多機會可以撞鬼。

車窗外掃過一間又一間不同樣貌的建築，被上了年紀的阿婆改叫「艾咪小姐」的導遊則忙著介紹，身為乘客之一的殷宇臉上沒有任何表情，他托著腮，在墨鏡下的雙眼無趣的看著窗外。

真是無聊至極……

什麼撞鬼之旅？還不如待在某位他負責的作家身旁更有趣！

殷宇甚至想念起那本有著慘綠色書皮的小冊子了。

原以為這趟撞鬼之旅能夠進入現場實地勘查，想不到繳了團費、坐上車後，才被告知大多數的鬼屋不能進去，對殷宇而言實在有夠掃興，鄭重考慮著回國後要不對這家旅行社進行詐欺控訴。

就在這個時候，艾咪小姐又拿起她的麥克風對著全車的人道：「各位鄉親父老們，我們要準備下車了！請放心，不是要讓你們下車尿尿、上車睡覺——接下來的這一站，各位終於可以入內參觀囉！」

艾咪小姐高昂的歡呼一聲，就像她也萬分期待能夠進到鬼屋參觀。同時，整車乘客也隨之情緒高漲，各個既期待又緊張的摩拳擦掌做足準備。

殷宇的眉頭終於微微一挑。

他不似其他人將內心的起伏都顯現在臉上，只是將他本來膝蓋交疊的修長雙腿放下、起身跟著人群下車。

下了車後，殷宇的正前方是一座外型老舊，卻有種隨著歲月拉長而增添沉澱神秘美感的古堡。

一磚一瓦砌成的牆壁上，早有深綠色的藤蔓爬竄、蜿蜒而上，好似替這座米白色城堡做了點具有森然之氣的點綴；深棕色拱起的尖塔狀屋頂上，盤旋著一群群不因訪客到來而退散的烏鴉，刺耳難聽的嗓音像是在對底下這群人發出聲明與警告。

這棟古堡的周圍，任何一切都和今日的好天氣格格不入，古堡前的草坪長年失修無人打理，任憑蔓草雜生，枯藤老樹垂垂。不知為何，光是站在古堡門前，就有陣陣不斷的冷風來襲，呼呼的嘯聲不絕於耳。

「各位，是不是很有氣氛啊！這座古堡可是我們社長精心挑選，這附近最佳撞鬼的地點哦！更棒的消息是——這裡同時是我們今晚入住的地方！」

艾咪小姐下了遊覽車改拿擴音器，站在人群最前頭招攬團員往古堡內深入。身為團員之一的殷宇則跟著眾人腳步，一邊聽著領隊對這間古堡的介紹。

原來這座古堡的名字叫「溫徹斯特城堡」，在上個世紀的時候，是一名受封的公爵的住所，他統治了這附近一帶的領地，傳聞是個相當具有名望且風流的男性，將他的領地治理得很好，後來卻因為不明原因慘死身亡。

據說是被人發現他的屍體被刺穿在木樁之上。

更詭譎的是，聽說那置他於死地的木樁，本是用來作為驅魔避邪之途，因此這彷彿帶著神秘面紗的血腥傳說就此傳遍開來。在公爵死後，甚至有人聲稱在這棟古堡裡見到他出沒……

傳說到此為止，殷宇抱持著姑且不信的態度。只要沒能讓他親眼見著，他絕對不會相信故事的真實性，這大概和他訴說證據的刑警——特別是科學鑑識組出身的背景脫離不了關係。

踏入溫徹斯特城堡後，隨著大門一關，率先讓訪客感受到的，是沉重而昏暗的感覺直襲腦門。

在這座古堡之中，仍未隨著時代的進步而換上電氣化設備，因此廊道上的燈，全是由火把擎著搖曳的光為訪客照亮前進之路，不知從哪透進來的陰風像是隨時會把火光吹滅……

除了殷宇和領隊以外，古堡內森然的氣氛已感染了所有的訪客，他們臉上紛紛凝聚了緊張、刺激和一抹開始畏懼的神色，不知不覺連交談的音量都變得越來越小，好似深怕因此驚動了什麼。

「來來來，各位客倌看過來，來到溫徹斯特城堡一定要看的東西，就是這幅肖像畫！」艾咪領隊又將擴音器舉到嘴邊，對著跟在她後頭的全體團員說道。

這時，所有人都順著她高舉的手所指的方向看去，映入眼簾的，是一幅大約占據四分之一牆面的油彩肖像畫。

殷宇抬頭觀看，畫中的男人有著一張典型歐洲人面孔，深邃而碧藍的雙眸，直挺略帶點鷹勾的鼻子，以及只有到達一定年齡才會擁有的幾條魚尾紋，綜合以上拼湊出一個英俊挺拔的相貌；而男子頭戴著一頂插著羽毛的酒紅色天鵝絨扁帽，僅露出額前的金色瀏海，一身華美的衣著襯托出他一身尊貴氣息……

殷宇幾乎可以猜得到，此人就是這座古堡的主人。

「畫裡的這位，就是溫徹斯特城堡的主人，尚．溫徹斯特公爵。看看他的肖像畫，似乎生前的確是個可以風靡無數少婦芳心的男人呢！今晚，我們的女團員說不定就能和他來場邂逅哦……」

艾咪領隊神秘的低笑著，彎起的雙眼曖昧的掃過每位女性團員。

結果就在這個時候，殷宇終於開金口了：「嗯，就算不是女性團員，我也想和他來場邂逅。」

「是、是嗎？那這場邂逅更增添禁忌的薔薇色彩了呢……」

領隊的笑容一僵，其餘聽到這句爆炸性宣言的團員們也朝殷宇投以異樣目光。

不過，實際上他們都會錯了意，咱們的殷大編輯只是想親身體驗撞鬼罷了，不知是陽氣太強還是八字太重的他，這輩子還沒見過一眼白晃晃的阿飄呢。

忽然，照亮大廳的火把稍稍一暗，光線銳減之下，那張偌大的肖像畫看來多了一種詭譎，半面都蒙上陰影的公爵臉龐，頓時像在對底下所有人冷冷一笑……

待領隊大致上帶團員參訪過整座溫徹斯特城堡後，便分配了今晚入住的房間，開始讓團員各自活動。

隨著夕陽西下、夜色漸深，一直到了該入睡的時間，殷宇這才展開他獨自一人的行動。他可不喜歡在有旁人干擾下遊覽古堡，於是等待所有人都睡著後，才離開自己的住房。

夜深人靜，外頭傳來夜梟孤冷的啼叫，一開窗，有時還會驚動棲身於樹梢之上的黑色蝙蝠……

對殷宇來說，這才是夜晚的開始、撞鬼之旅該有的氛圍。

殷宇漫步在寬敞無人的走廊上，隨意左顧右盼，昏暗的空間總讓人對它有幾分詭異遐想，殷宇很沉浸在這種氣氛之中，心想要是真能撞鬼那就更好不過。

走著走著，前方有扇門微微敞開，透出裡頭的微微燈光，殷宇起先沒想太多，可能是住在房裡的團員忘了完全闔上房門。不當回事的殷宇繼續前進，只是當他經過的剎那，卻不經意瞥到了房裡的光景。

剛剛，他是不是看到有名男子想要偷襲床上熟睡的女團員？

於是殷宇又悄然倒退回去，躲在外頭窺視門縫內的真相，映入眼簾的答案，果真是女團員正側身深眠於柔軟的床上，然而卻有名男子悄悄爬上她的床，湊近雙唇似乎想偷偷一親芳澤……

最突兀的是，男子身上的衣著顯然與當今服飾有所區別。

華麗如王公貴族般，幾乎只能從電視或肖像上見到的天鵝絨套裝……這一瞬間，殷宇恍然明白眼前正打算偷襲熟睡女子的男人為誰！

「咳！」

殷宇當場刻意咳嗽一聲，原先打算偷襲女團員的傢伙果然一愣，怔怔轉頭看向門外的殷宇。

臉色嚴肅的殷宇向對方勾了勾手指。

對方更為一驚，轉瞬之間就憑空消失在殷宇面前！

殷宇想追上去，但對方可正是不折不扣、已經化為幽魂的古堡主人——尚・溫徹斯特公爵！

就在這時，殷宇忽覺有人來到背後。他猛然一個旋身，就撞見不知何時已來到自己身後的尚・溫徹斯特。

「你……看得到本公爵？」

對方似乎猶豫了片刻，才對著殷宇開口低聲詢問。

「不然你以為我剛是看走眼了嗎？你想偷襲的罪行都被我看進眼底了。」

殷宇雙手抱胸，冷冷的抬高下巴用鄙視的眼神回看對方。

實際上他也覺得不可思議，向來百鬼不侵的他居然能看得到眼前的這隻鬼，實在讓他匪夷所思，不過話說回來，這傢伙身上不見任何疑似被木樁貫穿的傷口，難道是隱藏起來了嗎？

「天！你還能聽見本公爵的聲音！」

對方驚呼一聲，比起撞鬼的殷宇更加驚訝且激動，好似他才是真正見鬼的那一個。

「你！你叫什麼名字！我可是偉大的尚・溫徹斯特公爵！這座城堡的主人！本公爵現在命令你回答問題！」

尚．溫徹斯特，一名早已作古許久的公爵大人，伸出手來直指著殷宇鼻頭下令。

不過，殷宇倒是一樣冷靜，不當回事的挑眉回應：「憑什麼要回答你的問題？我又不是被你統治的居民，在我眼裡你不過是個真真正正的色鬼。」

「什、什麼！你那是什麼態度！你可知本公爵等你等多久了嗎！你——是百年來唯一看得見本公爵的活人啊！」

「哦？那又如何？想讓我制裁你這個色鬼？」

「你才色鬼！你才全家色鬼！我可是偉大的尚．溫徹斯特公爵！」公爵大人情緒激昂的怒斥回去，握緊雙拳。

殷宇只是輕蔑的別過頭，「真沒想到一個外表大叔的百年幽靈，個性卻像小孩一樣幼稚呢。」

「幼、幼稚？你這刁民竟敢說本公爵幼稚？好大的膽子啊，要不是本公爵有事需要你才能做到，本公爵現在就要賜你死！」

「可以了，幼稚的無理取鬧到此為止，說，你這百年色鬼有什麼要委託於我的？」殷宇話鋒一轉，面無表情的詢問。

「就說了本公爵才不是色鬼……算了，本公爵要你這難得見得著我的人，將我帶離這座城堡。」

公爵扁扁嘴，不甘願的別過臉去。

之後殷宇便聽他娓娓道來……

原來尚・溫徹斯特公爵確實如傳聞所言，是被木樁貫穿身體而亡，可那木樁是作為驅魔用的，他因此被封印了靈魂，一來永不能超生，二來也被限制了活動的空間，僅能在這近乎不見天日、失去僕人的沒落城堡裡度日，百年以來的孤寂讓人不禁唏噓。

只是當殷宇問他為何會落得如此下場，公爵卻隻字不提、面有難色。

殷宇看著本來滔滔不絕的公爵一時緊閉雙脣不語，便改而換了另一個問題：「那麼，我要如何將你帶離這裡？」

他想，難得撞鬼還能讓鬼有求於自己，那就當作舉手之勞幫幫對方吧。

這麼一問，公爵立刻又轉過頭來，用滿是光采的眼神水汪汪的注視著殷宇，道：「你願意帶本公爵離開？真的？」

「都上了年紀的男人別用這種小狗眼看人，如果你不想離開也可。」

「不、不不！本公爵一定要離開這裡！現在你這個庶民聽好了，帶本公爵離開的方法是……」

在公爵說明了方法後，殷宇便開始著手行動，得趁著明天旅行團離開古堡前把事情辦妥當。

至於究竟用了什麼法子、殷宇聽公爵的指示做了什麼事……公爵大人有令，不能透露給外人知道，一切都要暗地進行，否則被人發現的話可就無法成功破除封印。

△▽　△▽　△▽　△▽　△▽

隔天一早——

大部分旅行團員都有個還算酣甜的美夢，對他們來說雖沒真正見鬼有些可惜，不過也該是離開這座古堡的時候了。

身為團員之一的殷宇同樣上了遊覽車，只是他手裡多抱了一樣東西。

「哎，大葛格，昨天沒看見你有這麼可愛的玩偶耶～」

其中一名團員的小孩，五歲左右的小正太，眼睛發亮的看著殷宇懷裡的玩偶——一個水藍色毛絨絨的小飛象布偶。

不過話說回來，怎會有媽媽帶小孩來撞鬼之旅呢……家長的心態真是可議。

「嗯，這是大葛格今天特地買回去送人的伴手禮。」只有面對小孩子才會表情稍微柔化的殷宇，輕聲回應。

「那、那我可以抱抱這隻小飛象嗎？」

小男孩提出了要求，敞開的雙手已經等不及想將玩偶抱入懷中，但這時殷宇的腦海浮現一道聲音。

「不准！絕對不允許！本公爵被塞進這個布偶裡已經很沒尊嚴了……豈能再讓一個小毛頭將本公爵當成玩具使用！」

是的，沒有聽錯，尚・溫徹斯特公爵正用心靈對話向殷宇發出鄭重聲明。

——原來他所謂的方法就是被裝進這個布偶之中，讓殷宇帶著他離開那座長年昏暗的古堡。

然而……

只見殷宇彎下腰來，將懷裡的藍色小飛象遞給了小男孩。

「好好的玩吧，記得要又揉又捏又拋又甩，這個布偶很耐用，可以玩得盡興點沒關係。」

「咦？真的嗎？好棒哦！謝謝大葛格！」

高興得手舞足蹈的小男孩立刻接過布偶，開始肆無忌憚玩耍起來，將手中的小飛象不斷往上拋。

至於偉大的尚・溫徹斯特公爵，除了對殷宇發出「你給本公爵記住！」的狠話外，就是一直對著根本聽不到他聲音的男孩直喊——

「住手、住手！快給本公爵住手——本公爵不是小飛象啊啊啊！」

番外《殷宇編輯的伴手禮》完

皇宮這檔事!!
novel
太微天
illust
jond-D
家事、國事、天下事，都是朕的事！
皇上的事，就都是臣妾該關心的事（冷笑）
誰說朝廷就要陰謀詭計？ 誰說後宮就要勾心鬥角？
PTT俱樂部的皇帝
+
低調但腹黑的皇后
史上最囧皇室秘辛登場！
4月2日絕對讓你捧腹大笑！
典藏閣
華文聯合出版平台
www.book4u.com.tw
采舍國際
www.silkbook.com
不思議工作室_
立即搜尋
版權所有© Copyright 2014

吐槽系作者 **佐維**＋知名插畫家 **Riv**

正港A臺灣民間魔法師故事

《現代魔法師》 驚爆登場！

凡在安利美特animate購買
《現代魔法師》全套八集，
在2014年6月20日前（以郵戳為憑）
寄回【全套八集】的書後回函，
以及附上安利美特購書發票影本、
或是於回函上加蓋安利美特店章，
就能獲得知名插畫家Riv繪製的
「現代魔法師超萌毛巾」一條，
準備與泳裝萌妹子一起清涼一夏吧！

備註：
1.可以等收集完八集的回函與發票或店章後，
再於2014年6月20日前寄回。
2.主辦單位有權更改活動規則。

飛小說系列096

勾魂筆記本03

金色愛情的背叛

出版者■典藏閣
作　者■帝柳　　繪　者■GUNNI
總編輯■歐綾纖
製作團隊■不思議工作室
郵撥帳號■50017206 采舍國際有限公司（郵撥購買，請另付一成郵資）
台灣出版中心■新北市中和區中山路2段366巷10號10樓
電　話■(02) 2248-7896　傳　真■(02) 2248-7758
物流中心■新北市中和區中山路2段366巷10號3樓
電　話■(02) 8245-8786　傳　真■(02) 8245-8718
ISBN■978-986-271-482-9
出版日期■2014年4月
全球華文國際市場總代理／采舍國際
地　址■新北市中和區中山路2段366巷10號3樓
電　話■(02) 8245-8786　傳　真■(02) 8245-8718
新絲路網路書店
地　址■新北市中和區中山路2段366巷10號10樓
網　址■www.silkbook.com
電　話■(02) 8245-9896
傳　真■(02) 8245-8819

線上總代理：全球華文聯合出版平台
主題討論區：http://www.silkbook.com/bookclub　◎新絲路讀書會
紙本書平台：http://www.silkbook.com　◎新絲路網路書店
瀏覽電子書：http://www.book4u.com.tw　◎華文電子書中心
電子書下載：http://www.book4u.com.tw　◎電子書中心（Acrobat Reader）

☞**您在什麼地方購買本書？**☜

1. 便利商店（ ________市／縣）：☐7-11　☐全家　☐萊爾富　☐其他____________

2. 網路書店：☐新絲路　☐博客來　☐金石堂　☐其他__________

3. 書店（ ________市／縣）：☐金石堂　☐誠品　☐安利美特animate　☐其他______

姓名：________地址：______________________________

聯絡電話：____________　電子郵箱：______________________

您的性別：☐男　☐女　　您的生日：西元________年________月________日

（請務必填妥基本資料，以利贈品寄送）

您的職業：☐上班族　☐學生　☐服務業　☐軍警公教　☐資訊業　☐娛樂相關產業

☐自由業　☐其他__________

您的學歷：☐高中（含高中以下）　☐專科、大學　☐研究所以上

☞**購買前**☜

您從何處得知本書：☐逛書店　☐網路廣告（網站：____________）　☐親友介紹

（可複選）　☐出版書訊　☐銷售人員推薦　☐其他______________

本書吸引您的原因：☐書名很好　☐封面精美　☐書腰文字　☐封底文字　☐欣賞作家

（可複選）　☐喜歡畫家　☐價格合理　☐題材有趣　☐廣告印象深刻

☐其他______________

☞**購買後**☜

您滿意的部份：☐書名　☐封面　☐故事內容　☐版面編排　☐價格　☐贈品

（可複選）　☐其他

不滿意的部份：☐書名　☐封面　☐故事內容　☐版面編排　☐價格　☐贈品

（可複選）　☐其他

您對本書以及典藏閣的建議______________________________

____

____

✌未來您是否願意收到相關書訊？☐是　☐否

✍**感謝您寶貴的意見**✍

印刷品

$3.5
請貼
3.5元
郵票
不思議信箱
FUSIGI POST

235 新北市中和區中山路二段366巷10號10樓
華文網出版集團　收
（典藏閣－不思議工作室）

金色愛情的背叛──

Novel 帝柳　Illust GUNNI

If you choose to forget it,
you would remember it someday.
Listen!　It's the stroke of 03:00.